随筆集

瀑《ばく》状《じょう》胃《い》物語

わが胃袋は瀑《たき》の如し

伊藤安治

風媒社

序にかえて（新しい本の出版をお祝い申し上げる）

中小企業家同友会という組織に参加している。その一員となって人生の大半を過すことになった。

大きな会社を経営しているわけでもないし、そこで勉強して素晴らしい経営者になろうと大きな努力を重ねてきたわけでもない。入会した時には、ほんの腰掛け気分だったが、ドップリとそこに根を張り、抜け出せなくなってしまった。その組織で、生涯の師とする人に次々と出会ってきたからである。伊藤安治さんもその一人である。

仲間が集まるとすぐ「何かやろう」という話になる。「エッセイスト集団」を組織して「同人誌」を出そうと誘われた。すぐ賛同した。次々と「もの好き」が集まって『飛翔』創刊号を出し、二十五年経過した、季刊で一〇〇号を出した。その記念集会に伊藤さんも出てこられた。終わりがけに「本を出すから協力してくれ」と言われた。「何でもさせてもらいます」と返事した。使い走り程度のことなら何でもお手伝いする積りの軽い返事だった。暫くして「序文を書いてくれ」と連絡があった。

大先輩の伊藤さんの出される本に、私ごとき若輩が序文など書けるものではない。それで、苦肉の策として「序にかえて」というこの表題にした。

伊藤さんを私に紹介してくださったのは故人、仲野正さんだった。この人は中小企業家同友会創立期の土台を築かれた人である。『飛翔』の同人にも参加してくださっていたが、「アララギの中心的な人だから……」と紹介された。やがて伊藤さんが「瀑状胃物語」の原稿を送ってこられた。最初、「これはフィクションだろうか……」と思った。

しかし、戦時下の旧制中学校で学んだ私の立場からは、『アララギ』と聞けば、それは文の世界では神の集団であり、「フィクション」にあけくれする世界とは無関係に思えた。幾度も読むうちに、そこには誠実にその世界を表現されている正確な世界が伝わってきた。

小学校の五年生から同人誌に投稿し、「綴り方の延長上にエッセイがある」と勝手な理屈をつけてエッセイの同人誌に携わり続けてきた私は、今まで多くの人の文章に出会い、校正の仕事をお手伝いしてきた。その経験からすると、大概の文章にはどこかに修正したくなる個所があることを知っている。一字の書き直したくなる個所も見つからない原稿に接したのは久しぶりのことであり、伊藤さんの完成された文章力に接して唸り声を発した。

常々三十一文字の中に世界を、或いは宇宙を読み込んでゆかれる歌人の世界には感服しているが、伊藤さんの文にはその世界で鍛え抜かれた基礎がある。だから、読む者に不安を与えず、すんなりとその文章に溶け込んでゆける本物の力をもっているのだと思うようになってきた。砂糖屋の世界で詠まれた本からは、四季・風物・花などのことだけでなく、ほんの日常的な仕事場の世界にも歌があり、力のある人にはそこにも歌の世界の土壌があることを知らされた。「歌集　時」からは、中国の「明の十三陵」で、私も同じように雨上がりの道を歩いたことや、魯迅記念館を訪れた日にも雨にあったことを思い出させてもらった。そして、奥様の入院で大変なご苦労のあったことを読みながら、本当の夫婦愛について学ばせて頂き、怒鳴ることばかりに明け暮れしてきた自分を反省した。

飾り気がなくて読みやすく、誠実な伊藤さんの文章は、常に私の師とするところである。今回出版される「ご本」についても、その完成を心待ちし、又その本から学ばせてもらおうと思う。

二〇一四年九月吉日

同人誌『飛翔』編集委員　　栃本　吉之

瀑状胃物語　~わが胃袋は瀑の如し~　◉目次

瀑状胃物語

わが胃袋は瀑《たき》の如し

退職してもう十数年になるが、これは在職中のことだから、いまから二十年以上も前のことだ。

会社では毎年健康診断をしていて、わたしはずっと受けていた。それまでこれという異常もでなかったので、その年も軽い気持で受診した。ところが、しばらくして送られてきた通知を見ると、胃ガン検診の結果について、要精検と記されていた。わたしはずいぶんいろんな病気をしてきたが、ガンにだけはならないという自信を、これという根拠もなく、もっていた。だから、突然異常をつきつけられて、狼狽した。もしガンなら、どんどん増殖してゆくので、一刻も早く治療を受けなければならない。わたしはすぐ当地のガン・センターに予約の手続きをした。センターでは、バリウム透視のほかに、内視鏡検査がおこなわれた。さだめられた診療着に替えると、数人ずつがまとめて検査室の前につれてゆかれる。並んで座るわたしたちの口に、順に麻酔薬が注がれてゆく。それらの人たちを見ると、みんな元気そうで、もしこのなかに本当のガン患者がいるとすれば、わたし以外にはなさそうだ。やがて、名が呼ばれて、ひとり内視鏡室に入る…。

あわてて検査を受けたものの、あいにく、年末年始の休みが迫っているため、結果はそのあとでなければわからないという。それならそのあいだ、こちらもガンのことなど忘れていようとおもっても、不安は募るばかりだ。家庭医学書を繰って見ると、ガンになれば嗜好が変わってくると書かれている。すると、間もなく嗜好が変わってくる。別の本を見ると、ガンになればゲップがでると書かれている。すると、間もなくゲップがでるようになる。ああ、やはりわたしはガンなのか。

休み明けを待って、ガン・センターにかけつけた。消化器の医師に呼ばれて診察室に入る。レントゲン写真を見ていた医師は、まずガンの疑いはないと簡単に告げた。そして、つづけて、わたしの胃はバクジョウイだといった。きょとんとしていると、「瀑」という字を紙切れに書いて説明してくれた。つまり、ふつうの人の胃はＪ字型なのに、わたしの胃はずんどう型なので、食道から送られた食物は瀑のように落下してそのまま小腸に送られてしまう。だからどれだけ食べても満腹感はないというのだ。

かくて、ガンへの不安は解消した。それとともに瀑状胃ということを知らされた。それはまったく意外だったが、いわれてみれば頷けることだった。わたしの大食はみんなのびっくりするほどだったが、それはこの瀑状胃のためであったのだ。

瀑状胃はいわば異常体質なので、先天的であったろう。幼いころ、父に連れられて銭湯にゆくと、大きくなったら相撲取りになるといい、とよく人からいわれたが、そんなころから大食だったのであろう。小学校にあがると弁当を持ってゆくが、弁当箱は二食弁当という肉体労働者用のものだった。思い出したのでついでに記しておくが、こんなことがあった。ある朝登校の道で、友人に会った。しばらく並んで歩いていたが、彼はいぶかしそうな顔をして、わたしの背を見ている。そのうち、たまりかねたように、わたしがランドセルを背負っていないことを指摘した、勉強道具などきれいに忘れて、弁当の包みだけ大事に提げていたのである。まさに、センダンは双葉より芳し、である。

さて、わたしもいつの間にか数え年八十歳になってしまったが、ふりかえってみると、これはということはなにひとつしてこなかった。思い出すことといえば、すべて食い物にかかわることばかりである。瀑状胃のせいとはいえ、恥ずかしいかぎりである。しかし、いまさらどうしようもない。それならいっそ開き直って、鷗外が性欲に関する自伝ウィタ・セクスアリスを書いたように、わたしも食欲に関する自伝を書いてみよう。しばらくおつきあいいただければありがたい。

（二〇〇二・七・二五）

立食パーティーの法則

胃袋の形なら、テレビや雑誌の広告にしょっちゅう出てくるので、小学生だって知っている。ところが、これとはまったく形のちがう胃袋がある。底のないビール樽といった形で、食道を通ってきたものは、ナイヤガラ瀑布のように直下して小腸に送られる。だから瀑状胃という。わたしの胃がそれであると十数年前に知ったことは、前回記したとおりである。

家庭用医学書を見ても、瀑状胃など載っていない。何万人に一人なのか、何十万人に一人なのか、とにかく、稀に見る奇形のようである。もし、かりに、ロバのような耳であったり、ゾウのような鼻であったり、外からすぐわかるような奇形なら、とても人前に出られたものではない。さいわい体内の奇形なので、わたしも恥ずかしいおもいをしないでこられた。それどころか、瀑状胃であることを知らされて、わたしは内心救われたような気さえしている。瀑状胃は食ったものが胃を素通りするだけだから、満腹感はない。わたしは少年のときから大食らいで、いかにも意地汚いように人からいわれていた。それも瀑状胃による必然的な生理作用なら、気にすることはないのだ。

そうとわかった今は、堂々といえるのだが、わたしがつねに持つ最大のねがいは、うまいものを腹いっぱい食うこと。それを叶えてくれるものとして、さしあたりおもいつくのは、立食パーティーである。保守政党の人たちが開く資金集めパーティーには縁がないが、むかし会社づとめをしていたころは、取引関係のパーティーによく出たものだし、同友会のパーティーもけっこうあった。退職後も年に二、三回はある。なかには、乾杯をしていくらも経たないうちに、料理がすっかり平らげられてしまい、主催者も参加者も途方に暮れるようなこともないではなかったが、いっぽう豪華な料理がいつまでも残っているばあいもあった。そんな折には、みんなは飲み飽き、食い飽いて周囲の椅子に座りこんでおり、気がつくと、わたしひとりがテーブルにしがみつき、なお食いむさぼっているのだった。

パーティー出席の回を重ねるうちに、わたしはひそかにこんな研究をはじめた。定められた時間内に、いかにしてうまいものをたくさん食うか、というのがそのテーマである。わたしはわたし自身の体をつかって、人体実験を重ねた。その結果、わたしはついに、

「立食パーティーの法則」ともいうべきものを発見したのだ。以下、その要旨を公開する。

まず会場には、早めに入ること。そしてテーブル上の料理の配置をよく観察して、頭に入れておく。やがて、司会者がテーブルにつくように、一同に促す。そうしたら、まえもって狙いをつけておいた料理の前に立つ。このばあいは、たとえば、すしなど、早くなくなりそうなものを取っておくのもいい。すしなら、好みのものを二、三貫ほど。マナーというよりも、ここで腹をふくらせてしまっては以後の作戦に齟齬をきたすからだ。おっと、いちばん大切なことを忘れていた。知った人のいるテーブルは絶対避けること。うっかり話しはじめたら、食う時間が奪われてしまう。パーティーを交歓の場などと、見当ちがいなことをゆめゆめ考えてはならない。さて、いよいよ、いちばん食いたいもの、いちばん高級で家庭ではめったに食卓に出ないものにとりかかる。わたしのばあい、もしそこにキャビアがあれば、断然キャビアだ。キャビアを皿に掬い取ったら、いかにもキャビアを食うにふさわしい紳士になりすまして、鷹揚に食うのだ。そして、なに食わぬ顔で別のテーブルにいって食い、食いおわったら、また別のテーブルに移る。キャビアに堪能したら、二番目に食いたいものをおなじ要領で食う。それから……いや、もう紙数が尽きた。あとは実践あるのみ。

（二〇〇二・一〇・二五）

フォアグラ哀歌

　前回は立食パーティーのことを書き、キャビアのことを書いた。そこで、今回は、キャビアとともに世界の三大珍味のひとつであるフォアグラのことを書いておきたい。もうひとつの珍味は、あまり関心がなくて、なんど聞いてもすぐ忘れてしまう。それに対してフォアグラへのおもいはなみなみではなかった。まあ聞いていていただきたい。

「巴里の屋根の下」「巴里祭」などで知られる、往年のフランス映画の巨匠ルネ・クレールに、「自由を我等に」という作品がある。二人の囚人が脱獄を企てる。一人は見事に成功して、娑婆で器用に立ちまわり、ついには大会社の社長におさまる。いっぽう、タッチの差で失敗したほうの一人は、刑期を終えて就職するが、入ったのがなんとその会社。二人は再会をよろこび、友情をよみがえらせる。しかし、やがて前歴が知られそうになり、手を携えて旅に出る。全編に鋭い風刺がたっぷりこめられていた。わたしがテレビでそれを観たのは、製作後半世紀もたったころのことだが、とても痛快でいまも印象に残っている。しかし、わたしの心をすっかりとらえたのは、ほかならぬフォアグラのことだ。二人が工場のなかで、「フォアグラが食いたいなあ」というセリフをかわすのである。ごく短いシーンだったが、このときはじめてフォアグラなる食品の存在を知り、よほど美味なものにちがいないとおもった。以来ひたすらにあこがれつづけ、一度でいいから味わってみたくて、ずいぶん探しまわった。が、輸入品を扱う有名食品店をはじめ、どこにも見つからなかった。かくして二十年、おもいはいよいよ募るばかりだった。

ところが数年前、まったくおもいがけなく、そのねがいがかなえられた。姪の結婚式が横浜のランドマーク・タワーのすぐ近くのホテルで開かれた。披露宴の席に着き、その日のメニューを見ると、ああ、そのなかの一品として、フォアグラが書かれているではないか。わたしは胸をわくわくさせながら、フルコースの一皿一皿を順に食っていった。わたしの横には食の細い妻が座っていて、それぞれの料理の半分ほどをわたしの皿に載せてくれた。わたしはそれらも余すことはなかった。やがてフォアグラが運ばれてきた。予想に反してなかなか大きな塊がでんと皿に横たわっていた。これも妻から半分が分かたれた。長年恋いこがれてきたフォアグラをこのように大量に食えようとは、まったく夢のようであった。はじめて味わうフォアグラはやや濃厚だが、やはり大変な美味であった。やがて宴が終わり、他の出席者とも別れた。妻もあすは用があるといって帰った。わたしは横浜にはめったに来ることがなかったので、今夜はランドマーク・タワーから評判の夜景を見て、あすは腹ごなしかたがた三渓園を見学、そのあとは中華街をゆっくり歩いて、いちばん気に入った中華料理を堪能し、中華料理の食材を仕入れてゆこう、という算段だ。わたしは大満足で、しばらくホテルのロビーで休んでいた。

そのうち、なんとしたことか、にわかに腹の具合がおかしくなった。フォアグラが強すぎたのであろうか。下痢と嘔吐がはじまり、そのピッチはますます速くなり、みるみるくたくたになってしまった。幸福の絶頂から、一転、惨憺たる状態におちいったのである。だいぶたって、すこしおさまったところで、予約しておいた公共の宿に移った。そして、すぐベッドによこたわった。翌朝も起き上がる気力なく、チェックアウトをぎりぎりの三時間延長してもらって、なおベッドで臥しつづけていた。芥川龍之介に揶揄された「芋粥」の主人公の悲しみがしきりにおもわれたのであった。

（二〇〇三・四・二五）

大歌人と鰻

わたしは長く短歌をつくってきた。所属していたアララギは、正岡子規を源流として、すぐれた歌人を輩出してきたが、なかでも、齋藤茂吉と土屋文明とは、それぞれ千年に一人といわれる大歌人であった。今回はこの二人について述べたいとおもうが、もちろん、短歌のことではなく、二人の胃袋についてである。

齋藤茂吉は一九五三年に亡くなった。わたしがアララギに入会してまのないことなので、じっさいに謦咳に接したことはない。しかし、茂吉はエピソードの多い人で、短歌関係以外の人にも知られている。食に関するエピソードといえば、なんといっても鰻だ。日記を見ると、某月某日某所で鰻を食う、という記述がやたらに出てくる。某月某日鰻、とだけ記した日もすくなくない。みんなで鰻を食いにゆく。やがて卓上に鰻丼が運ばれてくる。じっとそれを見回していた茂吉は、いちばん鰻が大きそうな丼に当たった人にむかって、君々、その丼と僕のとを替えてくれたまえ、という。交換してもらい、よく見ると、はじめの自分の丼のほうが、鰻が大きそうにおもわれてくる。すると、やっぱりはじめのと替えてくれたまえ、という。そんなことはしょっちゅうだったようだ。そうした茂吉にとって、食い物の乏しい戦争中はみじめだった。たまに、お弟子さんが鰻を手に入れて持ってくると、机を壁に寄せ、壁にむかってひとりで鰻を食う。長男の茂太さんが見合いをしたときだ。会場は鰻で有名な竹葉亭だった。とくべつに頼んで、鰻がだされた。のちに夫人となる美智子さんは、もじもじしていて、あまり手をつけていない。すると茂吉は、その鰻、ぼくにくれませんか、と未来のお嫁さんから鰻をとりあげる。鰻に関しては、そんな逸話のいっぱいある人だった。

土屋文明は茂吉よりも八歳若く、長寿であった。わたしは直接教えをうけることができた。文明はたいへん頑健で、たいへん健啖であった。そのうえ、料理することも大好きであった。アララギ発行所では、おでんなどを炊いて、手伝いの人たちにふるまった。材料の買い出しには築地市場まででかけて、自ら選んでくるという凝りようだった。大鍋に入れた材料がぐつぐつと煮えてくるのをじっと見ていて、ころあいとなると、合図をする。その味が絶妙だったとは、先輩会員たちの口々にいうところだった。家でも、いつも台所にきては、奥さんや娘さんに指図した。魚もあざやかに捌いた。ブリを捌いたとき、腹のなかに、まだ消化してないウルメイワシを見つけると、これも揚げ物にして食ってしまった。文明も敗戦のすこしまえ、東京で大空襲にあい、家族ともども群馬に疎開した。山の奥で、食料の極度に乏しいところだった。だが、文明はへこたれなかった。植物に詳しい彼は、山野の草木から、食用になるものを見つけては食った。山の上のわずかな荒れ地を借り受け、野菜をつくった。ときどき短歌の指導に三河にくることがあったが、そこでは、魚市場を覗くのがたのしみだった。宿では、消化剤をのみのみ、魚を存分に食った。食いだめや寝だめができなくてはだめだ、というのをのちにきいたことがあるが、このときは、蛋白質の摂りだめであったのだろう。数年して帰京したころは、日本の食料事情もよほどよくなっていた。旅にでるときはいつもステーキを食うようになっていた。文明も次第に老年期に入ってゆく。さすが食事の量は減ってくるが、嗜好は若いときと変わることはなかった。やはり、鰻は大好物であった。満百歳となったとき、鰻と鯛の刺身で家族とともに祝いあった。それから三月、代々木病院で亡くなった。一九九〇年十二月のことだった。わたしは、短歌ではもとより二人の大歌人の足下にもおよばない。しかし、こと食欲に関しては、あまたある二人の弟子のなかで、だれにも負けない自信がある。（二〇〇三・七・五）

つくる人を見る

わたしは職人さんがものをつくっているのを見るのが好きだ。とりわけ、食い物をつくっているのを見るのが大好きだ。たとえば、デパートの地下食品売場で玉子巻きを巻いたり、餃子を包んだりしているのでもいい。まして、ごく稀にカウンターの前に座って、すしを握ったり、てんぷらを揚げたりしているのを見ると、自分のためにいっしょうけんめいにつくってくれているのに感激してしまう。おもえば、これはごく幼いころからはじまっている。いちばん遠い記憶は、母が茶碗蒸しをつくっているときのこと。卵とだし汁をまぜあわせたものを、ひとつひとつの器に注いでゆく。それが蒸しあがると茶碗蒸しとなる。もちろん、まだむつかしい言葉は知らなかったが、つまり、液体が固体に変化するのが不思議でならなかったのである。

液体が固体になるといえば、お好み焼きもそうだ。お好み焼きは、いまでこそ、格があがって、大人の食べ物となり、一流の食堂街で、和食やイタリー料理などと並んで堂々とした店を出しているが、そのころは、屋台を曳いて、小さい子ども相手に、しがない商いをしていたものである。メリケン粉を水で溶いたどろどろをひと柄杓、鉄板に垂らし、すぐその杓子でひろげてゆく。たちまち、薄い円盤ができあがる。その上に刻み葱だの、天かすだの、紅しょうがなどを散らす。そこに二三滴のメリケン粉液を滴らせると、すぐひっくりかえす。しばらく鉄板で焼いてもういちどひっくりかえすと、すべてを包みこんだ立派な円盤となっているのである。

お好み焼きの屋台は毎日のように、わたしたちの町にまわってきたが、お宮のお祭りとなると、たくさんの屋台が境内いっぱいに並ぶ。串カツ、鯛焼き、綿菓子、御幣餅、べッコウ焼き、文字《もんじ》焼き、飴細工等々。芸術家ぞろいで、それぞれの技を競って、小遣いの二、三枚の一銭玉をしっかり握った子どもたちをひきつけようとする。とりわけ目を見はらせたのは、しんこ細工であった。蒸しあげたしんこをすこしずつ掴んでは、指先や鋏をあやつって、子どもたちのリクエストのままに、鶏だのライオンだのをたちどころにつくりあげる。もう一、二銭だすと、土瓶と湯呑みをつくり、黒蜜が注がれるといった高級品もつくってくれた。

幼いときの回想を長く書きすぎた。伊勢で赤福をつくる実演のことも書いておきたかった。中年婦人が餅の上に餡をのせては指で軽くおさえて波のかたちにしてゆくのだ。単純だが、心をひかれる作業だった。が、なんといっても忘れられないのは、浅草の人形焼きだ。雷門をくぐると両側に仲見世がずらっと並ぶ。その右側中ほどに店はある。半分は売店、半分はガラスばりの実演場だ。ここにもう何十年もつづけてきたような老人が、黙々と人形焼きをつくっている。どっしり坐った老人の前には、長いコンロがおかれ、その上には七八組の鉄板の道具が並べられている。一組の道具の両面には少々変わった人形の型が彫りとられている。そのいちばん左の道具に油をぬりつける。そして生地を流し込み、餡をのせ、また生地をかける。こうしたひとつひとつの作業をするたびに、全部の道具をひっくりかえしつつ順に右に送ってゆく。そしていちばん右に移ったころには、人形焼きはほどよく焼き上がっている。それを千枚とおしのようなものですばやく拾い上げ、道具を左端にもってゆく。そのテンポはすこしの狂いもなく、見始めるとなかなか離れられなくなってしまう。

（二〇〇四・一・二四）

陸軍大将よりコックさん

前号では、職人さんが食い物をつくるのを見ているのが大好きだと書いた。もっと好きなのは、自分自身が食い物をつくることだ。それもずいぶん幼いころからだったようにおもう。最初の記憶は小学校二年生のときのこと。七つちがいの兄が大病をしたので、病後の静養のために、夏休み中一家で信州の温泉にいったことがある。父と兄とわたしとが先発隊となってでかけた。宿は自炊もできるようになっていたので、わたしたちは自炊することにした。もっとも、ご飯は宿で炊いてくれるので、おかずだけをつくればよかった。母が着くまで、わたしが炊事係になった。三人はまずまちにでて、フライパンと卵を買ってきた。父がおこしてくれた七輪の火で、わたしはフライパンを熱して、溶いた卵を流し込み、手早くかきまわした。見事に炒り卵ができるはずだったのに、ああなんとしたことか、卵はたちまち真っ黒になってしまった。新しいフライパンだから、まずよく洗って、油を引かなければいけなかったのに、そんな智恵はまわらなかった。家のフライパンは油がなじんでいたので、卵を落とせば炒り卵ぐらいはできたので、そのつもりでいたのが失敗だった。けっきょく、おかずも宿に頼むことになったようにおもう。はじめは、そんなていどだったが、毎日見よう見まねでやっているうちにけっこういろんな料理ができるようになった。男子厨房に入らずなどというが、台所でごそごそしておればご機嫌なので母はなんともいわなかった。料理はますますおもしろくなった。学校で将来の希望について書かされると、そのころのことで、陸軍大将などと答える子が多かったなかで、わたしはいつもコックと書いていた。

大きくなって、やがてわたしも兵隊にとられた。すでに太平洋戦争も末期になっていた。食糧は欠乏していたし、訓練は激しかったので、戦地に送られるまえに結核となり、以後十三年も療養生活を送ることになった。食糧事情はいっそう悪化していて、療養所の給食はみじめなものだった。多少でも自分で補食しなければ、病気を治すどころか、生きつづけることさえできなかった。補食といっても、戦後数年はろくなものは食えなかった。そのうち、食料も出回ってきて、補食も栄養を補うだけでなく、長く忘れていた味覚を満たすものともなってきた。わたしもときどき食材を買ってきては料理を楽しむようになっていた。そのころ婦人雑誌の付録の「中国料理のつくりかた」といった本を手に入れた。その本のとおりにつくってみると、ほんとうの中国料理のようなものができあがる。ふだんはごく簡単なものばかりだが、親しい患者が退院するときは、みんなに手伝ってもらって、かなり手の込んだ料理もつくって送別会をした。一度は鯉の丸揚げに挑戦したこともある。見事にできあがったときの感激はいまでもよみがえってくる。

わたしもやっと退院することができた。ちょうど神武景気のあとの不況のさなかだったが、どうにかある会社に入ることができた。はじめての給料をもらって、わたしがまず買ったのは天火であった。ずいぶんむかしからの念願だった。会社の近くに鶏料理の店があったので、一羽わけてもらい、まずローストチキンを焼いた。家族もよろこんだが、わたし自身はさらに大満足だった。スパイスをいろいろ買い集めてピクルスを漬けたこともあるが、市販のものとはちがった美味のものができた。

こと志とはちがってコックにはなれなかったが、料理には十分堪能することができた。

（二〇〇四・四・二）

パヴロフの実験台に

わたしがコレステロールという言葉を知ったのは、療養生活をおわって会社づとめをはじめてまのないころだった。内科にいったところ、血圧が二〇〇くらい、コレステロールが三〇〇くらいで、どちらもかなり高いことを告げられたのだった。それまでわたしは、もっぱら結核をなおすことしか考えていなかった。そのころは、結核の特効薬がやっと開発されたばかりだったので、大気・安静・栄養が、依然、結核療養の三大原則であった。まだ公害という言葉さえないころで、大気は問題なし。安静も患者自身の自覚によって可能であった。栄養だけが困難だった。とりわけ戦後の数年がひどかった。療養所の給食は、病気をなおすどころか、生命を保つことさえむつかしいほどだった。しかし、そのうちだんだん食料事情は好転し、患者たちは栄養のありそうなものを入手しては給食を補っていた。結核回復に有効なものとして、バター・チーズ・レバー・牛乳・鶏卵などを、だれもが考えていた。しかし、それらはコレステロールを高めるものばかりだった。

せっかく長い療養によって結核がよくなったのに、高血圧で倒れてはたいへんと、慌てて食生活を一新した。コレステロールの高いものは、わたしの大好きなものであり、つらかったが、それらを避け、生野菜をたくさんとるようにした。そうして、どうにか当時の基準値二五〇までさげることができた。それから何年かたって、基準値は二三〇とされた。これもうひとふんばりで達成できた。その後さらに何十年かのうちに、基準値は二〇〇、一八〇とさげられた。しかし、わたしは、もうたいした苦労もなしに、基準値をまもるようになっていた。それにともなって血圧もずっと安定している。ところで、このほどコレステロールの基準値を二五〇とする説がでた。数十年前とおなじだ、基準値がこのようになんども改訂されるのは、それぞれ研究をきわめた結果であろうが、患者の側からいえば混乱するばかりだ。わたしはコレステロールに関しては、もう学者の説にふりまわされないことにする。

＊

条件反射という生理学上の現象がある。これを発見し、命名したのはソ連の生理学者のパヴロフである。彼はこの研究のために犬をつかった。まず犬を手術して、唾液を外部にだして記録できるようにしておく。そのうえで、この犬にメトロノームをきかせながら、餌をあたえる。そうすると、餌をあたえなくても、メトロノームの音を聞いただけで、犬は唾液をだすようになる。これを条件反射というのである。わたしがこのことを知ったのは、ずいぶんむかしのこと、まだ療養所に入っていたころである。新書版の心理学の本を読んでいたら、このことが図入りで書かれていたのである。そして、このことをしきりに思い出していたのは、会社づとめをするようになってからである。

これまで書いてきたように、瀑状胃という底なしの胃袋をもっているわたしはそのために、こと食い物については、きわめて鋭敏な神経をもっている。それも食い物自体に反応を示すだけならまだいい。それが、人の話のなかにちょっぴりでも食い物に関することが入っているともういけない。たちまち、生唾がこんこんと湧いてくるのである。そのとき、わたしが離れた席にいるのであれば、湯呑みの茶を飲めばなんとか覚られずにすむ。具合がわるいのは、来客と話しているとき。とつぜん食い物に関することをいいだされると、もう困ってしまう。それを意識しだすと生唾はますますはげしくなってもものもいえなくなってしまうのだ。そんなとき、きまっておもいだすのが、条件反射である。パヴロフ博士も犬などをつかわなくても、わたしがよろこんで実験台にたつのにとおもうのだった。

（二〇〇四・七）

無筆の旅日記

名物を食うが無筆の旅日記——こんな川柳がある。むかし旅行した人のなかには、日記をつけていた人が多かったようだ。読み書きのできない人は、そのかわり、さきざきの名物を食っては日記の代りにしていた、というのである。わたしも旅のたのしみはその土地の名物を見つけては食うことだ。以下そのなかから、おもいつくままに。

まずおもいだすのは、木曽福島、車屋のソバだ。これがほんとうのソバだ、とおもいたくなるソバだ。そのかわり、店は見識が高く、客のほうも食わせていただく、といった気持で、店を訪ねる必要がある。ここでは、客の注文をきいてからソバをうつ。だから、かなりの時間がかかる。ここでうっかり催促しようものなら、お運びさんから、その不心得をこんこんとたしなめられる。やがてできあがったザルが運ばれてくる。ザルはいつも二つがさねだったが、これはいつも二人前食っていたからだ。待った甲斐があって、味といい、喉越しといい、ほかでは味わえない逸品である。木曽福島の近くには、名だたるソバの特産地である開田高原がある。そこのソバ粉の打ち立て、茹で立てなのだ。もうひとつ、そのソバ粉が一〇〇%ではないかとおもうほど、つなぎの味を感じさせないのがいい。東京の人が好むような、小麦粉をたくさん混ぜ合わせたのとはちがうのだ。

その東京で思い出した。むかし社用でときどき東京へいったが、そのたびに食いにいったのは「駒形どぜう」だ。店に入って靴を脱ぐと、大きな木の下足札が渡される。上がるとすぐ大広間だ。ここには脚のついた幅五〇センチほどの分厚い板が、数枚置かれている。これが食卓になり、客は板の両側、好きなところに座る。メニューは紙に大文字で書いて、奥の壁に貼ってある。しかし、客の注文するのは、ほとんど鍋である。鍋は小さな七輪に載せて、客のまえの板のうえに置かれる。直径一五糎ほどの浅い鉄鍋、酒に浸して下拵えした丸のままのどじょうが並べられ、割り下が注がれている。そこに薬味の刻み葱を振りかける。七輪の炭はよく熾っているので、鍋はまもなくぐつぐつと煮えてくる。どじょうは田水の匂いもして味は親しく、身はもちろん、頭や骨もやわらかい。そのほか、どじょうの味噌汁やかばやきもひととおり食うのがわたしのコースになっていた。

旅先でうまいものを食わせる店を見つけるのはたいへんたのしい。瀑状胃と関係があるのかどうか、そうしたことにもかなり自信があり、これまでも各地でずいぶんそんな店を見つけた。奈良の東向きの釜飯屋などもそのひとつで、毎年正倉院展を見た帰りにはいつも寄っていったものだ。しかし、残念ながら、ずいぶんまえにやめてしまった。比較的新しいところというと、去年、尾道のまちを歩いていて、ある店を見つけた。これも直感がぴたりとあたった。小さな店で、メニューも簡単だったが、そのなかから、ウニめしとオコゼの空揚げを注文した。ウニめしに類するものは、その後各地で食ったが、それぞれ調理法がちがっていて、この尾道のウニめしに並ぶものはなかった。この店では調理法ともいえないほどのものだった。丼に盛ったご飯のうえに生ウニを載せ、そのうえに生卵をおとし、揉み海苔を散らしただけだ。それに醤油をかけて、かきまわして食う。その味が絶妙だった。オコゼのほうも、かるく塩胡椒して揚げただけだが、これもよそでは味わえない逸品だった。なんといっても海辺のまちでネタはきわめて新鮮、それに若い主人が腕をふるって、いやあまり腕をふるわないで、それぞれのネタの持ち味をいかすことに心を注いでくれたためであろう。有名ではないが、このように旅人を満足させてくれる店が全国いたるところにあるのだろう。

（二〇〇四・一〇・二五）

東の食、西の食

昨秋亡くなった歴史学者、網野善彦氏は、日本人はけっして言語・人種を同じくする単一民族ではなく、日本列島の東部と西部とのあいだには、石器時代から歴然とした差異があった、という説を唱えていた。これは、わたしたちの日常経験からいっても、たとえば、言語のアクセントが東西まったく反対であることから、容易に理解できる。ただ、わたしの故郷名古屋を西部の東端といっているのは承服しがたい。三十年も東京で育った氏にはそのように感じられるのであろうが、おそらく、関西の人からみれば、東部の西端のようにみえるであろう。たしかに、名古屋やその周辺部には、東西の特徴がすこしずつ入り込んでいるので、そのようにおもわれるのであろう。しかし、当地は東部でも西部でもなく、ほんとうは中央部といってもらいたいところだが、実質、緩衝地帯にはなっているとおもう。

さて、網野氏は、食に関して、いまも残る大きな差異として、新年の迎え魚に、東は鮭を、西はブリをそれぞれ食う習慣をあげている。当地には、そのいずれの習慣もないが、年末の出荷量を見ると、はっきりとした差があって、これを裏付けている。網野氏はもうひとつ、新年の食い物の違いとして、雑煮を挙げている。東では四角の切り餅を、西では丸餅を食う。網野氏のいうのはそのへんまでで、これは多くの人が知っている。雑煮の煮方ともなれば、東西どころか全国各地、とりどりである。岡山から嫁いできた夫人が、しばしば述懐するには、名古屋の雑煮は餅と菜っぱだけなので驚いた、というのである。そして、具沢山な岡山風の雑煮を披露するのである。人の移動が頻繁になり、テレビが普及して、日本中食い物が画一化してしまったようだが、年中行事にともなう食事は、家々で、綿々と伝えられているようだ。その味は崩れることがないのだが、一面、第三者からは窺い知ることはできない。ついでにいえば、調味料、とりわけ、味噌などは東西でずいぶん違うのであろうが、これは、専門店へいってみればすぐわかるとおもう。

誰の目にもはっきりしているのは、納豆ではないかとおもう。わたしは、ちいさいときから、納豆といえば、浜納豆のことだとおもいこんでいた。浜納豆というのは、浜名湖畔大福寺でつくられている、大徳寺納豆系のものである。おそらく、京都の人は納豆といえば、大徳寺納豆のことを考えられることであろう。関東の糸引き納豆についても、名前だけは知っていた。というのは、当時の少年雑誌を読むと、東京の町々を毎朝納豆を売り歩く孝行少年の話がいつもでてくるからだ。しかし、食ったことはもちろん、見たことさえなかった。わたしがはじめて糸引き納豆を口にしたのは、なんと張家口だった。わたしがずっと糸引き納豆の実物を知らなかったことは前述のとおりだ。後にある貿易会社に就職、任地は中国の天津で、ここに三年いたが、納豆のことなど考えたこともなかった。ところが、一度うんと奥の張家口に出張して、その朝食で、歴史的対面をしたのである。膳の一隅の小鉢にさりげなく盛られている。はじめてなのに、それが糸引き納豆とすぐわかった。ただ食い方まではわからなかった。だから、かくべつ、うまいともまずいともおもわず、そのまま食ってしまった。さらにそれから数年、療養生活をしているとき、はじめて、その正しい食い方を知ったのである。付添いのおばさんが、売店で買ってきて、鉢のなかでくるくるっとかきまわして食わせてくれたのである。糸引きというわけもやっとわかった。もう余白が少なくなってしまった。割り下をつかうか、いちいち味を見ながら醬油や砂糖を入れてゆくか、そんなすき焼きの煮方、うなぎの割き方、焼き方の違いなどにも触れるつもりだったが、またの機会にしたい。

（二〇〇五・一・二五）

父の嗜好を継ぐ

この連載をはじめたとき、食欲に関する自叙伝のようなものを綴ってみたいといった。それなのにずっと脇道に逸れっぱなしできてしまった。そろそろ、このあたりで本題に入らねばならない。順序として、まず幼年期である。まえにも書いたが、小さいころ、父に連れられて銭湯にゆくと、相撲取りになるといい、とよくいわれたものだ。先天的な瀑状胃だから、当然、先天的な大食いだったのであろう。ただ、どんなものを、どんなふうに食っていたのか、さっぱり思い出せない。ひとつだけ覚えているのは、毎年の正月、雑煮を食うのに、新しい自分の数え年の数だけの餅を食っていたのである。ずいぶん小さいときからはじまったのだが、十歳ころまで続けていた。名古屋は切り餅だが、それを十切れとは象の餌だ。さすがの瀑状胃も、後年、思い出して驚いた。そして、母に訊ねてみた。母は笑っていった。小さくちぎって数を合わせたのさ……

小学校に入った。ランドセルを忘れて、弁当だけを提げて登校したことも、はじめに書いた。だが、このころについても、何をどんなふうに食っていたのか、やはり思い出せないのである。ただ、なにをといえば、大食とは関係ないが、嗜好についていえば、徹底的に、甘いもの嫌い、しおからいもの好きであった。家に来客があって、饅頭などをもらっても、ぜんぜん見向きもしなかった。遠足でみんなが、キャラメルだのチョコレートだのを持ってくるとき、わたしは塩豆だのスルメだのを持っていった。

食事のときもそうだった。兄弟たちが興味を示さぬイクラ、ウニ、コノワタなどが大好物だった。父がこうしたものを好んでいたので、しばしば食膳にのぼっていた。もっとも父は、酒はまるきりだめだった。そのくせ、わたしのことを、末は大酒のみになるぞとよくいっていた。後年、父同様酒のみにはなれなかったが、もう、そのころから、酒の味は大好きだった。父がそんなふうなので、ふだんは、家には酒などおいてなかった。ただ、家には神棚があり、たしか一日、十五日だったかに、御神酒を供えていた。小さな御神酒徳利に、ちょっぴりずつ酒をいれ、なんというんだったか、白紙をくるくるっと巻いたものを口に挿しておく。それを五本ばかり供えるのだが、それは幼いわたしの役目となっていた。わたしにとって大切なのはそれをさげることだ。さげては、御神酒のお下がりをいただくのである。役得である。わずかずつだけれど、酒の味を楽しめるのだ。もうひとつ。名古屋には、屋根神といって、町内ごとに、ある一軒の屋根に、小さな祠をまつる習慣があった。さきの戦争で市街の大部分が焼け出され、そのまま、復活することはなかった。ただ、空襲にあわなかったごく一部の町内では、いまでも屋根神をまつっている。これも一日、十五日に祠の扉を開き、御神酒をあげる。その役は町内で、一軒ずつが輪番ですることになっていた。これも、家にまわってくると、ゆきがかりでわたしがすることになる。その日になると、梯子を持ち出して、祠のまえまでのぼってゆく。もちろん、御神酒を供えるが、徳利はよほど大きく、酒もたくさん入れられる。そのお下がりが味わえるのだ。この役はそんなにまわってこないが、内心、待ちどおしかった。

成人して会社勤めをするようになると、酒を飲む機会はいっぺんに殖えた。だが、量のほうは殖えない。しかし、仕事なのだから、もう味わうなどということはなく、奮闘努力して飲んだ。そして、仕事に支障がないほどに飲めるようになった。だが、どうも胃袋に余裕がありすぎる分だけ、肝臓のほうは受け入れ量が乏しく、仕事上の必要がなくなると、元の木阿弥で、そのくせ味のほうは忘れられず、みんなが飲んでいると嘗めるていど所望するのである。

（二〇〇五・五・二四）

天下一品、母のハヤシライス

わたしが小学校に入ったのは、一九三〇年（昭和五年）のことだった。入学すると、男子六十名ほどのクラスに、一人だけ、和服を着てくる子がいた。それからどれほどか経って、クラスには、サージの学生服を着てくる子と、小倉の学生服を着てくる子のあることに気がついた。そして、こども心に貧富ということを感じた。小学校は、名古屋城の旧城下町、市の中心部にあって、進学率の高い学校だった。そのため、学区外から通学してくる子が半分ほどいたが、そのほとんどが、裕福な家の子だった。学区内にも、裕福な家が多かった。やがて二学期になると、弁当をもって通うようになった。弁当は、めいめいの席で食うのだが、自然に、近くの席の子のおかずが見えた。おかずはさまざまだが、毎日毎日、梅干づけにつかったシソをご飯に載せただけの弁当を持ってくる子や、それに類する子がいた。いっぽうでは、それまでわたしの見たこともないコンビーフというものを、おかず入れの大きさにあわせて切ったのを持ってくる子や、豚の胃袋を煮たのを持ってくる子もいた。そうした弁当は、服装以上に、貧富を感じさせるのであった。二年生のとき、東北の大飢饉があった。先生からその話をきいて、小さな胸を痛めたものである。

そんなころからだったとおもう。わたしよりちょうど十歳上の姉が、女学校の高学年になり、やがて卒業するにつれて、だんだん、台所の手伝いをするようになった。自然、学校で習ってきた料理が加わり、レパートリーが拡がってゆく。そして、それらはおおむね洋食の系統だ。カレーライスとか、チキンライスとか、デパートの食堂につれていってもらうときに、すでに食ったことのあるものが多いが、まるきりはじめてのものもあった。たとえば、魚の油炒めに白いどろどろをかけたもの。白いどろどろというのは、ホワイトソースとよばれることとや、どんな材料をどんなにしてつくったものか、ということを知ったのは、ずいぶんあとのことだ。野菜サラダなどもよくつくった。マヨネーズはまだあまり市販されていなかったのか、いちいち手作りをしていた。卵黄と植物油を丹念に混ぜあわせているのをじっと見守っていたものだ。そうした洋食風の料理をわたしたち子どもはよろこんだ。ついでにいうと、わたしには妹と二人の弟があり、下の弟はわたしより十歳下だった。それに七歳上の兄がいて、都合六人の兄弟だった。玉葱だけを煮ても、それをカレーのどろどろで味付けすれば、みんなけっこうよろこんだ。

小学校の五年生になったとき、父が急に亡くなった。急性肺炎だった。まだペニシリンのないころで、それまで病気をしたことのない父も、二三週間ほどで亡くなったのである。

大勢の子をかかえて母は大変だったとおもう。当然、家計も締めてゆかねばならなかったであろう。しかし、こと食い物に関しては、出費を惜しまず、これまでどおりのものを食わせてくれた。食い物をケチって、病気になったらかえって損だ、と母はよくいっていた。その翌年、姉が嫁にいった。母はひとりで台所に立たねばならなかった。姉のようにはいかなかったにせよ、母も見よう見まねで、子どものよろこぶ、洋食風のおかずをつくってくれた。玉葱、ジャガイモ、それにちょっぴり肉も入れて煮込み、たまり（名古屋でつかう醤油）や砂糖で味付け、最後に溶いたメリケン粉をからめてゆく。そうすると、見たところはハヤシライスのようなものができあがる。これぞ、世界に二つとないおふくろの味で、わたしはいまも、なにかにつけ、この特製ハヤシライスをおもうのである。

（二〇〇五・七・二五）

肉と蛆

前回は小学校のころのことを書いた。そして、五年生のとき、とつぜん父が亡くなったことを書いた。しかし、父のことはなにも書かなかった。ここですこしばかり書いておきたい。いちばん古いのは、兄といっしょに、名古屋の東郊、天白渓という遊園地に遊びに連れられていったときのこと。池があって、三人は、ボートに乗って遊んだ。いや、遊ぼうとした。ところが、その日、風が強くて、岸から離れようとしても、すぐ戻されてしまう。オールをもっていた父は、懸命に池のまん中に出ようとするが、戻されてしまうのだ。何回試みてもうまくいかないので、わたしたちは諦めて岸にあがった。そして、池のほとりの食堂に入って、食事をとることにした。たぶん、ライスカレーのようなものを注文したのだとおもう。それが運ばれてきて、いざ食おうとして驚いた。肉に蛆がいたのである。それでどうしたのか、あとのことは覚えていない。じつは、これだけのこともすっかり忘れていたのだった。おもいだしたのは、ついちょっとまえだ。芥川龍之介の晩年の作品に「歯車」というのがある。それを読みかえしていたら、都心のホテルで、結婚披露の晩餐をとっていて、「皿の上の肉へナイフやフォオクを加えようとした。すると小さい蛆が一匹静かに肉の縁に蠢いていた。」とあったのである。それで、たちまち、おもいだしたのだ。電気冷蔵庫などまだなかった当時は、保存中の肉には蛆がわきやすかったのであろう。そういえば、戦艦ポチョムキンの反乱も、ことのおこりは、艦内給食用の肉に蛆が発生していたことからだった。

子煩悩な父はこのように、よくこどもたちを郊外に連れていってくれた。兄が中学に入り、妹が小学校にあがると、もっぱら、わたしと妹が連れられていった。いつも市電や市バスの終点まで乗っていって、その先を歩くのだった。まだハイキングなどということばはつかわれていなかったが、野や山を歩くのはたのしかった。帰りにはデパートの食堂にいった。そのころ、専門のレストランなどあまりなく、洋食も和食もあるデパート食堂が家族向きで手頃だった。わたしたちは、お子さまランチやオムライスなどをよろこんだ。父はフライなどをとった。ただ、つけあわせのキャベツはきらいだから、ほうれん草のおひたしにかえてくれといった。こども心にも、そんなやんちゃをいっていいのかとおもったりしたが、食堂はこころよく要望をきいてくれた。料理が運ばれると、父はそれを切っては、二人の皿に載せてくれるのだった。

家で父といっしょに食事をした記憶はあまりない。これは、父が勤め先で夕食をすませていてじっさいに家では食わなかったのか、かくべつ印象に残るほどのことがなかっただけのことか、よくわからない。ただ一度、こんなことだけ鮮明におぼえている。家では、三畳でうち一畳は板敷きのお勝手とよんでいた部屋に飯台を出して、それを囲んで十人ちかい家族が適当に座って食事をしていたのだが、そのときの父の位置もおぼえているし、わたしが父の正面に座っていたこともおぼえている。父はそこで、焼いて醤油をつけた大きな油揚げを食っていたのである。それが父の好物であったらしく、いかにもうまそうに食っていた。そのときはヘンなもの食ってるなあとおもっただけだが、何十年か経って、なんのはずみにかおもいだして、食ってみたら病みつきになり、いまもわたしの愛好食物のひとつとなっている。

父のことはわりあいおぼえているつもりだった。しかし、いざ書いてみると、食うことばかりになってしまった。やはり、先天性の瀑状胃とおもうしかないようだ。

（二〇〇五・一〇・一五）

遠い日の台所

こんな原稿がでてきた。いまから二十年以上もまえのこと、妻が入っていた、生協の「暮らしの研究会」で、「むかしの食生活」というテーマで共同研究をすることになり、メンバーがそれぞれの幼い日の食生活を書いて持ち寄ることが決められた。そして妻の分をわたしが書くことになったのだ。ところが、ほかにはだれも書いてこなくて、計画は取りやめになってしまった。ただ、原稿は、妻がしまっておいたようだ。いま読み返してみると、なつかしいし、なんらかの資料になるかもしれないので、そのままここに掲載させていただく。

*

わたしが生まれたのは一九二三年（大正一二年）、したがって一九三〇年代がわたしの少年期にあたる。生まれたのは、いまの名古屋市中区錦、当時の地名でいえば、西区下長者町である。このあたり一帯は大空襲で全滅したが、戦後復興、周辺の通りを含めて長者町繊維問屋街として知られるまでになった。もともと繊維問屋が多かったが、むかしは、せいぜい町内の半分くらいだったとおもう。わたしの家は繊維問屋でもほかの店でもなく、当時のこどもたちの表現では「なんにもや」、つまり住宅であった。両親は家の所在を人に教えるとき、東側の閑所《かんしょ》といっていた。閑所というのは名古屋特有で、通りに面して一棟の建物があって、それが二軒の店になっており、その間に、幅は一メートルほど、長さは二軒の店の奥行きだけの通路があって、そこを通り抜けたところに住宅が建っている、そんなところをいうのである。父は毎日勤めにでかけるが、どんな仕事をしているのか、こどものころはさっぱりわからなかった。というのは、父の勤め先にたまに連れていってもらっても、そこは大きな邸で、売るものはなにひとつ見あたらなかったからである。父がある資産家の差配をしていたと理解できたのは、父が一九三四年に亡くなった、そのよほどあとのことである。その父と母、それに兄弟六人が、この閑所に住んでいたのであった。

むかしのことで、台所はだだっ広く、三つの部分に分かれていた。第一の部分は水まわりともいうべく、床には防水のモルタルが張ってあった。ここに木製の流し台があり、横に水道が立ち上がっていて、蛇口の下に水瓶があり、そこに水を貯めておいて、柄杓で汲んでは洗い物をしていた。流し台の横に氷冷蔵庫が置かれ、反対側に風呂場があった。第二の部分は三和土になっていた。ここに、薪をつかう、焚き口の二つあるくどがあり、別にガスくどがあり、さらにガスコンロが二つ並んでいた。そのうえ、四角の七輪、練炭コンロまであった。別の側には大きな食器戸棚があり、やはり大きな米櫃があった。以上二つの部分にはざら板が置いてなかったので、仕事は下駄をはいてしていた。第三の部分は三畳で一畳は板の間、煮炊きの準備などがおこなわれた。二畳は畳敷きで、食事のときはまんなかに飯台を置いて、おおぜいの家族がそれを囲んだ。以上がわたしの家の食生活の舞台である。

つぎに、食材の入手経路について記したい。そのころ、つぎのように、いろいろなご用聞きや曳き売りがきたので、かなりの部分はそれに依存していた。

鮮魚。宮の魚屋とか、クヨ（九魚と書いたようにおもう）さと呼んでいた魚屋で、幾日かおきに天秤棒で桶を担いできた。熱田の魚市場で仕入れてくる。タイ・ヒラメ・カレイ・

コチなど上魚のほか、コノワタとかイクラとかをもってくることもあった。

川魚。一色《いしき》の婆やと呼ぶ人が、下一色《しものいしき》の魚市場で仕入れたものをもってきた。ハエとかドジョウ、それにシジミやイワシなどが多かったとおもう。

野菜。小吉《こきち》っつぁんと呼んでいた、横町に店を持つ八百屋が、毎日夕方近く、大八車に野菜を入れた籠をいっぱい積んでもってきた。小吉っつぁんはいつも、上がりかまちに腰をおろして一服した。煙草入れからきざみ煙草をひとつまみずつ出してはキセルで吸うのだが、吸いながらをいつも掌に受けていたのに、こどもたちは目をみはったものだ。野菜は棹秤ではかっていた。（つづく）

（二〇〇六・四・二五）

幼い胃袋への供給者

豆腐。いつごろからか豆腐屋も来るようになった。ラッパを鳴らして表通りを歩いていたのだろうが、わたしの家までは聞こえないので閑所のなかまで入ってきてくれたのであろう。トウフ・アゲのほかに、トウフのコロッケというものを持ってくるようになったが、こどもたちはけっこうそれをよろこんだ。

漬け物。御器所《ごきそ》のコーコ屋と呼んでいた人が、毎日いろいろな漬け物を大八車に積み、鈴を鳴らして曳き売りをしていた。わたしの家ではいつも沢庵、大根の新漬けのでるときはそれを買っていたが、ときどきは、金山寺味噌やわたしの好きなベッタラ漬けを買った。

味噌・たまり。たまりというのは名古屋独特の調味料、醤油と同様に使う。広小路の美濃儀という店の小僧さんがいつもご用聞きにきた。たまりは店の名を大きく書いたトックりに入れてくる。このトックリは、どういうわけか、いつもガス台の下に四、五本置いてあった。味噌は大きな竹の皮に包んで持ってきた。

海魚、野菜、味噌・たまりはツケで、それぞれ矢立から筆を出して書き入れる通い帳が台所の柱につりさげられていた。

菓子。ほんの数回だったとおもうが、菓子の曳き売りがきたことがある。格子型の枠の入った切りだめに菓子の見本が入っており、注文に応じて箱から出すのである。

以上のようなご用聞き、曳き売りによるもの以外はそれぞれの店で買ってきた。

牛肉。広小路にひろめ会（牛肉ひろめ会の売店）があり、そこで買った。わたしが小学校一年生のとき自転車を買ってもらって、最初にお使いにいったのは、十一屋というデパートの牛肉売場であった。勇んででかけたものの、買うのは牛肉〇百匁だったか、△百匁だったか、忘れてしまった。店員が心配そうに訊ねたが、わたしは「うまいもんだで」といって多い方にしてもらった。

鶏肉・卵。島田町のかしわ屋で。

乾物類。イサバ屋で買った。そのイサバ屋がどこにあったかおもいだせない。

かつお節。下長者町の広小路通りを渡ってすぐの青木。けずりがつおはそのころあったかどうか、とにかくどの家でも削り器で削っていた。

砂糖。本重町《もとしげ》の駒兵。もちろん秤売りであった。なんというのか、紫がかった茶色の袋に詰めてくれる。白砂糖一斤二十七銭だったことをおぼえている。

酒。家のすぐ向かいの「初祝い」という酒屋。父は酒を飲まなかったので、ごく稀に来客用の酒を買うほかは、おみき（神酒）を買うだけだった。こどものころ、銚子をもって、「おみきちょうだい」といって、よく買いにいったものだ。店の土間の片側にいろいろな銘柄の酒樽が並べてあり、そこからジョウゴに受けて、銚子に詰めてくれた。トクトクという音がなつかしい。銚子いっぱい、多分一合だろう、十銭であった。

餅。蒲焼町の餅屋。正月用の鏡餅、のし餅のほか、ふだん神仏に供える丸餅を買った。

お茶。伝馬町の升半で買った。わたしの家では抹茶をよくつかったので、それをわたしはなつめを持って買いにいった。別儀という銘柄だった。日常のお茶はほうじ茶、小さいほうじ網でほうじてはつかった。

さてこれまで書いてきて改めておもったのだが、そのころはどの店もごく限られた自分の領分のものだけを扱っていた。みな専門店だったわけだ。

例外に蒲焼町の八百亀という店があった。もちろん野菜が主体だが、ちょっとした小間物を扱っていた。むかしのよろず屋の名残というべきか、あるいはスーパーマーケットの萌芽というべきか。

これらの店のほとんどは、わたしの家から百メートル以内、遠くても二百メートル以内にあった。こうした小さい消費生活圏が無数にあったわけだ。（つづく）

（二〇〇六・七・二五）

しりきれとんぼの「むかしの食生活」

さて、いよいよ毎日の食事について書かねばならない。

主食。さきに入手ルートのところで触れなかったが、父の主家には年貢米がたくさん入るので、米はいつもそれを貰っていた。米屋で精白して持ってきてもらった。担いできた大きな布の袋から、大きな米櫃に開けているのをよく見たが、一度に一俵分入ったのではなかろうか。

そのころは主食中心だったので、家族の多いわたしの家で食べる量も多かった。朝は大きな釜でクドで炊く。一升以上あったろう。炊き終わったごはんはすぐお櫃に移される。釜底にはりついたごはんはお湯を注いで母や叔母が食べる。お櫃は、冬には保温のために、藁でつくったイズミというものに入れられる。ごはんの中から、まずおぶく（仏供）さまが盛られ、仏壇に供えられる。このおぶくさまは、夕食のとき下げて、母か叔母が食べていた。どうかすると、わたしが食べるようなこともあったが、ローソクや灯明の匂いがしみついていて、いやであった。

このごはんをみんなの朝飯に食べ、学校へゆくものの弁当に詰め、家に残った者の昼食にする。夜はやや小さめの釜でガスくどで炊く。朝炊いたごはんの残りぐあいをみながら、母と叔母が何合炊くか相談してはきめる。わたしは大食なので、朝は二、三ぜん、夜は四、五ぜん食べていたようにおもうが、ほかの家族もいるから、おもえばずいぶん食べたものだ。

副食。朝のおかずは味噌汁と漬け物（沢庵）だけだった。味噌は豆でつくった赤味噌。そのころはすり鉢でよく擂っては味噌こしでこしたうえで煮たものだ。味噌汁の実には季節の野菜やワカメなどを入れた。だしは煮干しではなく、かつお節をつかっていた。味噌汁をごはんにぶっかけたり、ときには味噌汁で雑炊をつくって食べた。

昼食。わたしたち学校へ通っている者は、みな弁当をもっていった。弁当については後に触れるつもりだ。家に残った大人や、まだ学校にいってない弟妹たちはなにを食べていたかわからない。が、たぶん、日曜日のひるにわたしたちが食べたようなものを食べていたのであろう。

＊

前々話から、「むかしの食生活」というテーマで、二十年以上もまえに書いた報告を掲載させていただいてきた。その冒頭に記したように、生協の共同研究のために書いたものだが、企画がお流れになってしまって、日の目を見ることもなかった原稿である。ところが、その原稿は、ここで宙ぶらりんのままにおわっている。まだまだ書くつもりだったのが、企画中止となって、続けることもなかったのであろう。はやく気がつけばよかったのに、ぼんやりしていて、みっともないことになってしまい、読み続けてくださった方たちにはお許しいただきたい。では、このあと、なにを書くつもりだったのであろう。いまとなっては、さっぱり思い出せぬが、昼食まで書いたのだから、あとに夕食について書くことだけは確かだ。

ところで、この大昔の原稿を読みかえしてみると、そのころの文章のスタイルが、句読点のうちかたや漢字とカナのつかいかたにいたるまで、ほとんどいまと変わらないことに気づく。それは二十年以上いささかの進歩もないということだ。そんななかでひとつ、本稿でずっとつかっていた「食う」という語を、そのころは「食べる」といっていたようだ。「食う」と書くようになったのは、短歌を勉強していて、先進から教えられたからだ。その後読んだ、柳田国男の「毎日の言葉」には、こう書いてあった。「食《た》ぶ」は「賜《た》ぶ」からきた言葉で、目上の人から食事を賜ったときにつかう。「食う」はけっして悪い言葉ではないので、男性のみならず、女性もつかえばいい、というのだ。以来、わたしは、書くときは「食う」と決めている。ただし日常会話では、まだ「食べる」から離れられない。

（二〇〇六・一〇・二五）

羞恥の報酬

わたしは、瀑状胃、つまり食道を通ってきたものは、胃にさしかかるや瀑のように直下して腸に送られ、満腹感がない、そんな胃を持ったあわれな男の自分史を書くつもりだった。ところが、書きはじめてまもなく、二十余年まえに生協のために書いた「むかしの食生活」という未発表の原稿がでてきて、わたしの自分史の舞台を知っていただくにもいいとおもって、そのまま本稿に割り込ませた。ところが、またしてもところがである。その原稿たるや未完成で、宙ぶらりんのまま終らねばならなかった。本稿も宙ぶらりんにしていたし、なんともみっともない次第であった。

さて、食に関する自分史、前回は小学校時代を書いた。今回はそのつづきである。小学校を卒業すると、わたしはある旧制商業学校に入った。運動部は柔道部に入った。柔道部のキャプテンらが新入生を集めて、体格のいいものをかたっぱしから部員にしてしまったのだ。練習は毎日放課後数時間ずつおこなわれ、いつもくたくただった。ただでさえ瀑状胃で空腹状態でいるのに、これだけエネルギーを消耗するのだから、腹の減り方は尋常ではなかった。家に帰っても、菓子など置いてなかった。食べ物といえば朝炊いて晩飯用に残してあるご飯だけだった。だから、お櫃の蓋を開けては、ご飯をつまみ食いしたものだ。

母はその時代としては、わりあい栄養に気を配る人で、いろいろなものを食わせてくれた。中でもこどもたちの喜んだのは豚カツだった。このときはわたしと妹が下ごしらえをする。買ってきた頭数だけの肉にころもをつけてゆくのである。わたしは役得のように、そのなかのいちばん大きそうな肉を選んで自分のぶんとしておく。あるときのこと、わたしは例によって念入りに見比べ、ほかの肉よりちょっとばかり大きく見えたものをとり、自分のものと宣告した。が、なんとしたことか、妹が自分用の肉に小麦粉をつけているのを見ていると、押したり、叩いたりしているうちに肉がひろげられて、わたしの肉より大きく見えだした。何度見比べても、やはり妹のほうがすこしばかり大きいようだ。ああ、なんたる失敗か。無念、残念。わたしはいつか不覚の涙を浮かべていた。

こんなこともあった。父が亡くなったあと、母の父、つまり祖父が、時折様子をうかがいに家を訊ねてくるようになった。母はそのつど、祖父の好きな酒をふるまっていた。サカナはやはり祖父の好きなマグロの刺身と決まっていた。そして、それを買いにゆくのはわたしの役目と決まっていた。はじめ、わたしはその使いをいやがっていた。刺身をわけてもらう寿司屋は、家からそんなに遠くはなく、労力をいとったわけではなかった。だが、そのころ生徒の風紀についてはうるさく、親と同伴のとき以外は飲食店にゆくことは禁ぜられていた。だからそうしたところへゆくのは、気がとがめるだけでなく、気はずかしかったのであった。そこで母は交換条件をだしてきた。使いにゆけば、その店のサービス品、一本十銭の鯖ずしを駄賃にやろうというのだ。さすがに親で、わたしの泣き所をよく知っていた。だらしのないわたしは、すぐにこの取引を受けいれた。以来、祖父の来るたびに、わたしはマグロの刺身を買いにゆき、忘れることなく鯖ずしも買ってくるのであった。わたしは帰ると、刺身を母に渡し、別室にいって、労働の対価というよりも羞恥の報酬というべき鯖ずしを食ったのである。

それから数年で祖父は死に、わたしもそのことは忘れてしまっていた。ところが、それから何十年か経ったある日、妹と弟がとつぜんそのことをもちだし、その鯖ずしを二人にわけないで一人で食ったのはけしからんといって責めたてるのである。食い物の恨みはこわい。わたしは夢中で食っていたのだが、二人はそれを見て長く根にもっていたのだ。なるほど、大人になったいま考えれば、たしかにかれらのいうとおりだ。瀑状胃に生まれたばかりに、こんな恥ずかしいおもいばかりしている。

（二〇〇七・一・二五）

亡き妻の食生活

わたしが短歌をはじめアララギに入ったのは、まだ戦後間もないころで、指導者土屋文明の選歌がずいぶんきびしかったのは、用紙事情もあったのであろう。毎月五首（のちに三首）ずつ送稿するのだが、そのうち一首採ってもらうのがやっとで、没になってしまうことが多かった。そのため、毎月の作歌には苦労したものだ。就職したころ忙しくて欠詠したことがあった。とても楽なおもいがした。その味が忘れられず、つぎの締切り日、一回も二回もいっしょだと、また欠詠した。また一月たち、二回も三回もいっしょだと、またまた欠詠する。そうして欠詠を幾月も幾十月もつづけてしまった。もう作歌で苦しむことはなかったが、表現したいような感動があっても、歌をつくることはできなくなってしまった。

そんなにがい経験があるので、せっかく本誌が紙面を提供してくださっている今度は欠稿しないようにしたいとおもっていた。それなのに、前号でとうとう書けなかったのは、ちょうどそのころ、妻が入院中だったためである。七年まえに肺ガンが発見された妻は、何回も入退院をくりかえし、手術、放射線、抗ガン剤と治療を受けてきたのであるが、他にも転移して、病状が急速に悪化して亡くなったのだ。

子もなく、ひとり取り残されたわたしを気遣ってくれる友人たちが、決まったようにいうのは、きちんと食っているか、ということだ。たしかに、ふだん炊事などしたことのない男が、突然ひとりになってしまうと、まっさきに困るのは、三度の食事だ。だが、彼等一般の男と同様に、炊事に無能といわれては瀑状胃の名が廃ろう。むしろ今では、妻のころよりも、レパートリーはひろく、かつ美味である。（すくなくともわたしの口には）。買い物もけっこう楽しい。スーパーへゆくと、妻が買ったことのない食材がいろいろあるではないか。ついつられて、そんなものをかたっぱしから籠にいれてゆく。ところが、帰ってみると、賞味期限がみんな今日か明日ばかりだ。といったご愛嬌もあるが、食生活はまずまず万全である。

妻は食に関してはすこぶる保守的で、生まれてこのかた食ったことのないものは、ぜったい口にしないのだ。たとえば、蜂の子や琵琶湖の鮒寿司などがそうだ。そのうえ、妻には好き嫌いがわりあい多かった。川魚が嫌いで、海の魚も鯖や鰯など、善玉コレステロールによいとされる青い魚が好きで、白身の魚はあまり好まなかったようだ。そのくせ、鯛だけは大好きというのだからいささか勝手のようにもおもわれる。おのずから、食膳にのぼるものは、限定されていた。それでも、わたしがあまり不満を感じなかったのは、長い結婚生活の間に馴らされてしまっていたのであろう。妻のほうも、ある程度はわたしにあわせていたようにおもう。決定的に好みの違ったのは、妻のいうブタブタホーレンソウ、つまり豚肉にほうれん草を添えたしゃぶしゃぶである。これが妻には最高の好物、わたしの一番の苦手。妻はわたしが不在のときにひとりで満喫していたようだ。

（二〇〇七・七・二五）

日中友好の胃袋

一九四一年三月に旧制商業学校を卒業、ある巨大商社に就職したわたしは、まず天津支店勤務を命ぜられて、四月に赴任した。船で渡ることになったが、会社は新米社員のわたしに一等船室を手配してくれた。食事は一等食堂で、船長といっしょにするわけだ。だから、きっと西洋料理にちがいない、ときめこんで、婦人雑誌の付録で見たように、テーブルに、ナイフやフォークがずらっと並べられているさまをおもいうかべて、胸をときめかしていた。しかし、じっさいは向こうに着くまでの五日間、三度三度和食だった。船は天津に近い塘沽に着いたが、陸が近づくと、ニンニクの臭いが水面を渡ってきた。ああ、中国に来たのだ、としみじみおもった。

天津支店での勤めがはじまる。社宅はすこし離れたところにあったが、食事は社屋のなかにある社員食堂で食うことになっていた。数名の調理士、みな中国人だったが、中国風のものを取り入れながら、日本人の口にあうものを食わせてくれた。そこではじめて食って印象に残っているものを二、三。
○短冊に切った野菜を炒めたもの。シャキシャキした歯ごたえがして、妙味があった。はじめ正体がわからなかったが、あとになってジャガイモとわかった。これは簡単なので、帰国してからきょうにいたるまで、家でつくって食っている。
○レンコンの天ぷら。レンコンに豚肉少々をのせていっしょに揚げただけだが、ずいぶんいい味だった。これはほかのところで食ったことがない。
○肉ダンゴと春雨入りのコンソメスープ。中国風の味つけだが、なかなかの美味であった。ただ、そのなかに、ごはん粒が入っているのが気になった。米がダシとして使われていたのだ、と知ったのはずいぶんあとのことだ。
社員食堂といえば、張家口支店に出張したとき、そこの社員食堂で、生まれてはじめて納豆を食った。早朝の納豆売りは、孝行少年の代表のように、こどもの雑誌に載っていた。だから、納豆というものの存在は知っていた。ところが、わたしの生まれた名古屋では納豆を食う習慣がなく、納豆といえば浜納豆をさしていた。さて、そこの朝食の膳の小鉢に、ぬるっとした感じの大豆が入っていた。これが納豆だなと直感した。そして、べつだん、うまいともまずいともおもわず食った。そのつぎに納豆とめぐりあったのは、十年以上ののちであった。その間、わたしは帰国し、軍隊に入り、そこで結核を病み、戦後も長く療養所ですごしていた。そのある日、付添婦が売店で納豆を買ってきて、箸でくるくるっとかきまわし、糸を引かして食わせてくれた。ああ、納豆はこうして食うものか、とはじめて知ったのである。

わたしが天津に赴任したとき、他社へ入って一足さきに着任していた同級生があった。すでにこの町に馴れていて、折々案内してくれた。よく行ったのが大衆的な中華料理店で、ここで餃子を食うことが多かった。当地の餃子はもっぱら蒸し餃子で、蒸しあがれば、せいろうのまま食卓に運ばれる。めいめいがとっては、酢醤油をつけて食う。したたる油が、たちまち酢醤油のなかで凝固したのもなつかしい。しかも、餃子はすこぶる安く、一個一銭、あるいは二個一銭といった値段で、わたしたちも気軽に食えた。ちなみにわたしの初任給は四十円、現地手当がついて百円そこそこだった。会社の友だちと、餃子の食いくらべをしたことがある。瀑状胃とはまだ知る由もないが、大食らいのわたしが一番で、一度に百個くらいは食ったものだ。

餃子だけでなく、さまざまな一品料理も食った。多くはニンニクを使っていたが、馴れてくるとニンニクのうまさもわかってくる、自分で食えば、他人のニンニク臭は感じなくなってしまう。塘沽に入港したとき、ニンニクの臭いにヘキエキしてから、何十日とたっていなかった。（つづく）

（二〇〇七・一〇・二五）

天津で食いまくる

宴会などでは、本格的な中華料理店で、本格的な中華料理が出された。丸いテーブルの上に、豪華な料理がつぎつぎ運ばれてくる。営業関係の課では、招待したり、されたりで、取引先とそんな宴会をよくしていた。残念ながら、わたしは輸入手続きなどをする受渡課にいたので、宴会はすくなく、営業にいった友人たちを羨んだものである。

いっぽう、路上では、一般の中国人相手に、すこしばかりの食い物を並べて売っていた。油炒塊（ユウチャークェイ）という、メリケン粉を棒状にして揚げたものがうまく、よく買った。大餅（タアピン）という、メリケン粉を、形だけはクレープのように、大きく丸く焼いたものを巻きつけたり、焼餅（シャオピン）という、これもメリケン粉を小判型にまるめてゴマをまぶして焼いたものに添えて食った。街頭では、饅頭（マントウ）という蒸しパンもよく売られていた。これが中国北部の人たちの主食だ。はじめはメリケン粉だけをつかっていて白かったのが、食糧事情がわるくなるにつれて、雑穀が交ぜられ、だんだんその割合が増えて黒っぽくなった。太平洋戦争中で、物資は次第に乏しくなり、インフレはすすんでいた。さきに、一個一銭などといっていた餃子も一九四四年には一個六十銭になっていた。ただ、中国ではまだ、カネさえ出せば、なんでも買える状態にあった。

そのころの天津には、六万人ほどの日本人居留民がいたので、すし屋、天ぷら屋、小料理屋、高級料亭など、食い物を扱うさまざまな店がたくさんあった。こんなこともおもい出す。そのころ天津には競馬場があり、そこへゆく人も多かった。ある日、先輩に連れられていったところ、先輩が大穴をあてて儲け、帰りに大衆食堂へ連れていって、おごってくれた。いくらでも食えというので、天丼、親子丼、シノダ丼と、三つの丼をたてつづけに食ったことがある。

丼といえば、こんなこともおもい出す。社員食堂で昼食をすますと、近所の喫茶店へコーヒーを飲みにゆく社員も多かった。そんなとき、つまり昼食後に、わたしは丼物を食いにいったのである。

天津在留日本人の生活圏は主として、日本租界であったが、他にもフランス租界、イギリス租界があり、そこにはロシア料理を食わせる店があった。小ぎれいな店で、料理はうまく、それほど高くはなかったので、友人たちとときどきでかけたものだ。コースはきまっていて、四、五品くらいがでたように覚えている。忘れられないのがボルシチ。野菜や肉を煮込んだ、ロシアのスープである。赤い色をしていたので、トマトをつかったのかとおもっていたが、そうではなくて、ビート（西洋赤蕪）だった、とずいぶんあとになって知った。もうひとつはピクルスだ。キュウリ、青いトマト、タマネギ、ニンジンなどを、スパイスの利いた酢に漬けこんだものである。それがザク切りにして、大皿に盛ってあるのだが、どれをとってもめっぽううまい。その味が忘れられず、後年、いろいろなスパイスを買い込んで、つくったことがある。なんとか似たようなものができた。

天津にいた三年余、物価はじりじり上っていたが、好きなものを好きなだけ食えて、もともと、瀑状胃とのちにいわれる胃をもち、食いざかりであったわたしには、なんともありがたかった。

帰国の時、天津ではまだ手に入ったキャラメルを買っていって、幼い姪にやったら、一個ずつ包んである紙を剥くこともわからず、はじめて見る得体の知れぬものに、きょとんとした顔をしていた。国内はもうそこまで、甘いものをはじめとする食い物全体が、極度に不足していたのである。

（二〇〇七・一〇・二五）

餓えた兵隊

一九四四年（昭和一九年）八月一日、わたしは浜松のある航空隊に入った。

入隊した日の食事をいまも覚えている。なんという魚か、小さなフナのようなかたちだが、味はまるきりちがう。それがすこしばかりついていたが、煮くずれしたものばかりだ。軍隊はこんなものを食わせるところかとおもったものだ。ところが、これは入隊を祝った、とびきりのご馳走のつもりだったようだということは、すぐにわかった。その後、動物というものは、いっさい食ったことがないようにおもう。一度こんなことがあった。給食の味噌汁を分けているうちに、兵の一人が、「あっサカナだっ！」と大声で叫んだ。出しの煮干がひとかけら入っていたのだ。たちまち、そのサカナの奪いあいに入る。では、どんなお菜がついていたのか、よく思い出せないが、野菜を煮たようなものばかり、しまいには、菜っ葉が浮かんだ汁ばっかりだったようにおもう。メシのほうも、はじめはそこそこにあったが、急速にわるくなり、飯盒の身に盛っていたのが、蓋に盛るようになってしまった。こんな食事なので、はげしい訓練でしごかれるわたしたち新兵は、いつも空腹だった。しかし、古兵や下士官たちには、十分な量をまわさなければならなかった。あまり動かない下士官はメシを余しがちだった。余したメシは下士官室の前に置かれていた。わたしたちは、それをねらっては食った。将校たちは、将校集会所で食事をしていた。その残飯は、そのそばの残飯捨て場に捨てられていた。野天なので、いかにも汚らしかったが、それを拾って食う兵さえあった。

こんなことも覚えている。ある時のこと。厠からいっしょに出てきた戦友Y二等兵が、「ようけメシ食うと、ようけウンコが出るなあ」と、偉大な真理を発見したような顔をしてしみじみといった。「そういえば、オレもようけウンコがでた。」と、わたしもいった。じつはその前の日、炊事当番のミスだったのか、わたしたちの班に、いつもの三倍ほどのメシが割り当てられた。わたしたちは、声をあげてむさぼり、ひさしぶりに胃袋をたんのうさせたのだった。もちろん、そんな幸運はふたたびおとずれることはなく、「ようけウンコ」がでることはもうなかった。

某中隊では、炊事から塩を盗んで見つかり、営倉に入れられたものがいるという噂が伝わってきた。また、やはり炊事からミカンを盗んだ兵が防空壕に落ち、死んでいた、ともきいた。這い上る力さえもうなくなっていたのだ。

兵営の外で演習があった。その小休止のとき、すぐそばに、干した大根が竿いっぱいつるしてある。もちろん農家のものだ。それを見た一人の兵が、一本とって食った。それを見た他の兵が、一本ずつとっては食う。食いおわると、またつぎの一本にかかる。こうして、またたく間に、一竿の干した大根を食いつくしてしまったことがある。

軍隊がこんなふうだから、一般市民たちの食生活はもっとひどかった。まれに外出が許された日に、市街まで出かけて、歩きまわっても、食い物を売っているような店はない。ただ、デパートには雑炊食堂があって、そこへいったことがある。痩せた人たちの長い行列ができていて、その後に並んで待っていると、やがて順が来てドンブリが渡される。穀物がわずかに入った、水っぽいしろものだが、それでも餓えたわたしにはありがたい。すぐにすすり終えてしまうと、また長い列についた。

兵舎でわたしの見る夢は、いつも食い物の夢だった。外出先で食い物を見つける。食おうとする。とたんに目がさめる。せめて夢のなかでも、食ってから目がさめればいいのに、とそのたび、くやしがったものだ。

そんなことで、わたしはみるみる痩せていった。入営のとき、六十キロ余りあった体重は、八箇月で四十キロになってしまい、とうとう喀血した。肺結核だ。そして、十三年、つまり二十代も三十代も療養生活することになったのだ。わたしだけではなく、結核や栄養失調で倒れる兵が続出した。

（二〇〇八・四・二五）

洗面器で味噌汁　――療養所の食生活

一九四六年四月、わたしは傷痍軍人愛知療養所に入院し、以後十三年にわたる療養生活を送ることになった。

敗戦後の日本は、大量の軍人が戦地から復員してきたいっぽう、米などの大凶作で、一千万人を越す餓死者が出るだろうといわれるほどの食糧危機がつづいていた。病院食もあわれなものであった。アメリカから救援物資なるものが送られてきたが、それらのなかには、えたいの知れない粉も多く、それでつくったまっ黒なパンは、病人ののどにはとおらなかった。そのころ、堀口大学がさかんに風刺詩をつくっていたので、わたしも真似をしていたが、そのなかには、こんなものもあって、いまでもおぼえている。

ドッグが食わなきゃ／ピッグに食わせろ／ピッグが食わなきゃ／ジャップに食わせろ

副食も同様にお粗末だった。だから、補食をする患者もあった。わたしたちの病室でも、六人の患者が、共同で味噌汁をつくることがあった。汁の実はだれかが病室の近くでつくった菜っ葉、味噌もだれかの提供だ。味噌汁を煮る鍋はなく、洗面器をつかったものだ。各部屋に一箇ずつ備えつけられていたもので、患者たちが、洗面につかい、フンドシなどの洗濯につかう、その洗面器を鍋にも転用したわけだ。そんな味噌汁でも、食えば栄養が補給できたような気がしてきた。

そんななかで、動物食を摂っていた患者もあった。このあたりには溜池が多く、そこには食用蛙が棲息していて、風向きで、その鳴き声がベッドに聞こえてくることがあった。元気な患者は、それを捕らえては食っていた。一度、隣室の患者が捕らえてきて、大きな空き缶で煮ようとしているのを見た。羨ましかった。蛇も捕らえられた。あるとき、食堂で飯を食っていると、そこにある練炭火鉢で、筒切りにした蛇を焼いている患者がいた。見ていると、いきなり、ほいといって、わたしの飯の上に、その一切れを載せてくれた。わたしは蛇は大嫌いだった。しかし、せっかくの好意なので、こわごわ食った。蛇を食ったのは、これが始めてであり、最後だった。

海外から引揚げてきた軍人のなかの結核患者がつぎつぎと療養所へ入ってきた。わたしたちの病室にも、ラバウルにいたという二人が入ってきた。一人はラバウルから大事に持ち帰った種子を病室の裏に播いた。そしてそれが実ると、わたしたちにもわけてくれた。それがオクラで、はじめて食った。ある日、病室へネズミが入り込んできたことがある。すると、いままで安静にしていたかれが、いきなりベッドからとびおりて、ネズミを捕まえた。まったく、見事な早わざだった。そして、ただちにその皮を剥がした。きれいな肉だった。かれも、もう一人も、ラバウルのことは、なにもしゃべらなかった。しかし、この様子を見て、ラバウルの食生活のおよそを推察することができた。もっと前線にゆけば、事情はさらに悪く、わたしの入っていた歌の雑誌では、トカゲやミミズまで食っていたという歌が載っていた。食料の補給をしないで、すべて現地で調達するのが陸軍の方針であったので、兵士らはみじめであった。数年前、ある学者の報告したところによれば、戦争で死んだ軍人の六割は餓死であったという。

わたしが入院したころ、療養所は旧軍人ばかりだったが、まもなく一般の患者も受け入れられ、名称も国立愛知療養所と改められた。そのなかには女患もいて、その一人に、わたしたちといっしょに、短歌を学んでいた人があった。はじめは元気だったが、病状が急速に悪化して亡くなった。死ぬまえに、タラコが食いたいといいだした。恋人であった男性患者は、町に出て探しまわったが、見つからなかった。敗戦の数年後だった。食糧事情はすこしずつよくなってきてはいたが、まだ、そんな程度だった。

結核にはまだ特効薬もなく、ただ「大気・安静・栄養」の三大原則がうたわれているだけだった。大気はまだきれいだったし、安静は患者の自覚で十分できた。しかし栄養をとるなどということは、とてもかなわぬ時代だった。

（二〇〇八・七・二五）

初めての給料でオーブンを　—就職—

一九五七年秋、十三年の療養生活を終って、わたしは退院、家族とともに暮すことになった。そのころ、家では妹が食事の世話をしていたが、わたしの大食らいにおどろいた。療養所の食事も、退院するころには、よほどよくなってはいたが、ごはんは丼の盛り切りだった。家でご飯茶碗で食っていると、瀑状胃の要求で、何杯もお代わりをしていたようだ。

わたしはまず、職を探さねばならなかった。心あたりを訪ねてまわったが、神武景気のあとの不況がつづいていた時で、なかなか仕事は見つからなかった、どこでも、中年ではねえ、といわれた。いわれて暗然としたが、療養しているあいだに、わたしはもう三十四歳にもなっていたのだ。わたしは、昔つとめていた商社に、おなじ年に入社し、いっしょにその天津支店で働いていた友人を訪ねた。彼はともかく飯でも食おうや、といって近くのレストランに連れていってくれた。そこでチキン・コキールをご馳走してくれた。この世にこんなうまいものがあったか、とおもうほど、美味におもわれた。しかし、就職については、いままでいわれてきたようなことをいわれた。

翌年の年はじめになって、やっと就職することができた。小学校・商業学校での同級生が、その経営する店に入れてくれたのだ。砂糖の元卸商といってメーカーのつくった砂糖を、商社である代理店から仕入れ、卸商に売るのである。売買は電話で、受け渡しは営業倉庫でしていた。だから、卸屋には出庫伝票を渡すだけで、卸屋はそれで営業倉庫から砂糖を受け取って、小売屋や菓子屋などに届けるのである。そんな商売なので、店に勤めている人は少なかったが、売上高はずいぶん多かった。わたしはそこで経理を受け持つことになった。

はじめて給料をもらったとき、わたしはまず、オペラ・グラスとオーブンを買った。どちらも長い夢であった。オペラ・グラスは、天井桟敷でもいいから、音楽会や新劇にゆきたいとおもったからだ。オーブンについてはこうだ。療養所にいるとき、どうして手に入れたのか、婦人雑誌の付録の料理の本を持っていた。しょっちゅう、それを見てはたのしんでいた。時にはそれにしたがって、料理をつくったこともあった。本のとおりにやれば、けっこうそれらしいものができるものだ。その本のなかに、オーブンという語がよく出ていた。それでつくる料理はどれもうまそうだ。そうだ、治って働けるようになったら、まっさきにオーブンを買うぞ、と決意した。オーブンがどんなかたちをして、どんなにつかうか、まだよくわからないうちにである。

そんなオーブンが、やっと手に入った。わたしはまず鳥の股肉を買ってきて、焼いてみた。うまく焼けた。友人たちが訪ねてくるときは、近くの鶏料理の店で、鶏を一羽分けてもらって、丸焼きをしてふるまった。わたしは得意だった。しかし、そのうちに妹が、ガス代がかさむ、と言ってぼやいた。

オーブン料理だけではなかった。わたしは、一度手がけてみたいとおもっていたものを、いろいろと試みた。圧巻は鯉の丸揚げだ。一匹の鯉をそのままで二度揚げる。そうすると骨までやわらかくなる。それに甘酢あんをかけるのだ。この甘酢あんは、自分の口にあわせてつくるのだから、中華料理店で食うのより、よほどうまかった。鯉の丸揚げは二度ばかりつくったとおもう。天津のロシヤ料理でいつもついたピクルスも試みた。さまざまなスパイスを買ってきて、キュウリ・タマネギ・青いトマトなど、さまざまな野菜を漬けたのである。これを大振りのザク切りにする。これも市販の瓶詰などよりも、ずっとうまいものができた。

わたしがこの店に入るまえには、三白景気といって、そのひとつの砂糖もずいぶん儲かっていたようだ。その名残りはまだ続いていた。社長や専務、それに営業の人たちは、毎晩のように、客を連れては宴会をやっていた。みな有名な料理屋ばかりだった。経理のわたしは、ただその領収書と請求伝票を受け取って、代金を支払うだけだった。わたしは一度でもいいから、そんなところへいってみたいものだ、とおもっていた。

（二〇〇八・一〇・二五）

つい食いすぎて

一九七六年、勤め先の会社の社長が亡くなった。大腸ガンだった。しばらく前から腹痛があったようだが、医者の嫌いな人だったので、病院へいったときはもう手遅れだった。ワンマン社長だったから突然亡くなられると困ってしまった。社長夫人の伯父のIさんが心配して東京から駆けつけてくれた。Iさんはある大商社の部長代理をやっていたし、わたしも軍隊に入る前、その会社にいたのでまことに好都合であった。相談の結果、社長夫人を後継社長とし、わたしが常務取締役となって経営にあたることになった。

役員が決まったところで、Iさんに付き添われて新社長とわたしが挨拶まわりにでかけた。ほとんどが東京にあるいくつもの砂糖メーカー本社と、その代理店である商社本社をまず訪れた。メインのメーカーには、商社の名古屋支店長も同行してくれた。

そこでは、一同にすしをご馳走してくれた。東京でも指折りの店だった。十人ほどの人が、カウンターの前に座って、おもいおもいのすしを注文しはじめた。わたしは妙に遠慮して、安そうなものばかりをとっていた。すぐ隣にいた支店長は、マグロの大トロをとって、ばくばく食っている。ずいぶん大胆だな、さぞうまいだろうな、とおもいながら、わたしは見ていた。羨ましがっていないで、わたしも食えばよかったのに、とのちのちまで後悔していた。

おもいがけない役回りで、うろうろしながら経営というものにとりかかったわたしに、Iさんは親身になって助力してくれた。時々、名古屋まで来てくれた。会社が赤字転落したところなので、旅費も自腹を切ってくれたばかりでなく、食事もおごってくれた。その食事のあいだも、Iさんは会社の状態をこまごまきいたりした。どこかで、天重を食っていたときのことだ。えびの天ぷらを一口かじったかとおもうと、キスを一口かじり、野菜を一口かじるという、みっともない食い方をしているというのに、わたしは気づいた。経営のことでよほど緊張していたようだ。

わたしが東京へゆくこともあった。東京では、Iさんがその会員である学士会館の談話室で話し合った。食事は大てい、そこの地下食堂ですませたが時には、外へ連れていってくれたこともあった。神田のやぶというんだったか、かきあげもそばもうまかった。築地の魚市場のすし屋がうまいといって、連れていってくれたが、あいにく休業日で、いまも残念でならない。

会社は五、六社のメーカーの砂糖を扱っていたが、各メーカーは年に一、二度、全国特約店会議といった名称で、特約店の店主を招いてくれた。わたしは社長にかわって出席した。わたしが会社に入るまえ、砂糖は三白景気といわれるほど潤っていたときがあるが、そのときの名残か、その会はかなりハデだった。昭和天皇が泊まったという興津の水口屋とか、泉鏡花が滞在中歌行灯を執筆したという桑名の船津屋とか、いろいろ有名なところにいった。どこでも、さすがに洗練された料理が出された。

そのころわたしは壮年期、瀑状胃の要求も強かった。取引先の人と話をしていて、話が食物に触れると、とたんに生唾がどんどん湧いて、ものをいえば唾がこぼれそうで困った。お茶が出ているときは、それでなんとかごまかしたが、ずいぶんつらかった。

役員になってまもなく、名古屋中小企業家同友会に入った。同会は創立されて数年、会員一八〇名くらいだったとおもうが、二〇〇名にしようという運動がはじめられ、知った人からすすめられたのだった。

同友会では、総会や地区会の懇親会で宴会をすることが時々あった。接待したりされたり、といった場合とちがって、異業種の中小企業の仲間たちどうしなのでいつも楽しかった。そのためつい無遠慮になって、しゃぶしゃぶとか、てっさとかみんなでつつく料理はつい食いすぎてしまって、にらまれることがあった。

（二〇〇九・一・二五）

妻の食欲

わたしが結婚したのは一九六〇年だった。

妻は高級な料理教室などへいったことはなく、珍しい高級料理をつくるようなことは無かったが、基礎だけは習っていたようで、毎日食わせるものはきちんとしていた。なんでも、できあいのものを買うようなことはなく、いちいち自分でつくるようにしていた。例えば餃子をつくるときでも、皮はできあいではなく、いちいち粉をのばしてつくっていた。こうしてつくった餃子はさすがにうまかった。

そういえば妻はコロッケをよくつくったが、これも材料からよく吟味して丁寧に皮に具をつつんで揚げるので、なかなかうまかった。神戸のコロッケ屋が名古屋のデパートに進出、いついっても長い列ができているほどの人気だった。一度その列につらなって買ってきたが、妻のコロッケのほうがよほどうまいとおもった。これは、ひとつは揚げたてということもあったかもしれない。

揚げものはいろいろやった。揚げものは家が汚れるからといってやらない人が多いようだが、家を建てかえたときも、かまわず揚げていた。野菜のてんぷらをよくやったが、あれもこれもと揚げていくうちに山のようにできてしまう。食いきれなくて明くる日の朝も昼もということになってしまうが、もともと脂っこいものの好きなわたしはむしろよろこんだものだ。

調理用道具もいろいろ揃えていた。ただこうした道具は買ったときに一度か二度つかうだけで、あとはどこかへしまいこんでしまうことが多かった。フォンデュの鍋もそうだったし、中華まんじゅうなどを蒸かす蒸籠もそうだった。どこかへいったときにわたしが見つけて買ったほうろくなどはけっきょく一度もつかわなかった。

妻は食い物に関してはすこぶる保守的で、今まで食わなかったものは、口にいれようとしなかった。いっぽうわたしはゲテモノが好きで、例えば信州に旅行すれば、馬刺しや蜂の子を買ってくるのだが、妻は見向きもしなかった。普通のものならなんでも食うとおもっていたが、けっこう好き嫌いはあったようだ。

とくに、川魚は嫌いだった。ただ鰻だけは例外だった。わたしたちは、外食にわざわざでかけるようなことはなかったが、いっしょにでかけたときは、食って帰ることも多かった。そんなときはきまって鰻屋へいった。鰻は二人共通の好物だったし、これは家ではうまくできないからだ。鰻屋も好みで一、二軒に決まっていた。

二〇〇一年、毎年受けている保健所検診で妻の肺がんが見つかった。わたしたちは、これまで友人で肺がんに罹って一、二年で亡くなった人を幾人か見ているのでショックだった。さいわいまだ初期だったので、手術ができた。それでよほど元気になることができたが、二年ほどで再発した。今度は放射線治療がされて、いちおうはよくなった。しかし、それが一時おさえにすぎないことはわかっていた妻は、どこで聞いてきたのかアガリスクをのんでみたり、玉川温泉の岩盤浴を試みたりした。

もう一度放射線を受けたあと、抗がん剤をつかった。抗がん剤も一時は効くが、逆にひどい副作用があった。抗がん剤は三度つかったが、いずれもそうだった。三度目のときは、症状もよほどわるくなっていたようで、医者はぼくならしないんだがといったが、妻の希望でやってもらった。ちょうど一クールが終ったころとてもよく効いてよろこんでいたら、つぎにやったときから急に副作用がでてわるくなった。ひどい便秘で食欲はみるみる落ちてほとんどなにも食えなくなった。わたしのつくった茶碗蒸しが口にあうようで、なんどもつくってやった。ごはんだけは梅干しで無理して食った。ごはんも解凍したのはだめで、つど炊いた。それもヘルパーの炊いたのは気にいらず、わたしの炊いたほうがいいという。同じ電気釜で炊いて、どうしてかとおもったが、これは研いでから一晩寝かせるからのようだ。

入院した。気が落ち着いたのか、しばらくは食わせてやるものを、少しばかり食うこともあった。しかしそれもしばらくで、まったくなにも食えなくなった。二〇〇七年だった。

（二〇〇九・四・二五）

ヤカンを焦がす

一昨年、つまり二〇〇七年、妻が亡くなった。それからは、ヘルパーの助けを借りながら、家事をわたしがしなければならなくなった。といっても布団を干したりするような重いものはとても駄目だし、掃除も掃除機が重くて困るし、洗濯も洗い物を洗濯機に入れてボタンを押すまではいいが、干したり取り入れたりはかなわない。結局、多少でもできるのは、炊事くらいだ。

じつのところ、食い物づくりはこどものころのあこがれでもあった。ついでにこどものときのあこがれを、書いておこう。小さい時、大きくなったらなにになりたいと問われると、きまって電車の車掌と答えたものだ。その次がコックさんだった。小学校のまだ低学年のころだったとおもう。それがずいぶんつづいたのではなかったか。つぎは運動具店主、さらに実業家とつづく。そのころ野球が好きで、といってもラジオで聞くだけだったが、ある運動具店が野球大会を主催する看板を見て、カッコがいいとおもったからであり、すこし大きくなって六大学野球選手の名鑑を見たら、卒業後の志望の欄に実業家と書いた人が多く、実業家がなにをするのかわからないのに真似をしたわけだ。それらに比べてコックさんのほうはよほど実際的だった。小さい時から、炒り卵ていどだったが、食い物をつくるのがすきだったからだ。それにコックさんになれば、うまそうなものはなんでも食えそうにおもったからだ。

コックさんへの志望は途中でどうやらなってしまったが、わたしにはコックさんになる素質は十分あるとおもっていた。じっさい、まえにも書いたとおり、鯉の丸揚げとか、ピクルスなど、コックさんのつくったものよりずっとうまいと自信をもっていた。ところが、今度炊事をやってみて、それが大間違いで、コックさんにならなくてよかったとおもうようになった。まえにいろいろ料理をつくったのは、ほとんど親しい友人のためだった。だから調理が長引いても、気にしなくてよかった。むしろ長くかかれば、それだけ手間をかけて調理しているとおもってくれるのだ。それに長く待たせれば、それだけ腹もすいてくる。腹がすけば何を食っても、うまく感じるものだ。

ところがいまはちがう。いまは自分のためだ。つくるのはさっぱり面白みのない、平凡なものばかりだ。しかも毎日だ。でもそこまでは、辛抱すればよい。が、辛抱ではおっつかないことがある。いちばん困るのは鍋を焦がすことだ。ひとつの鍋でなにかをしかけ、その間にもうひとつの鍋でなにかを煮はじめる。ふと変な匂いがしてくるのに気がつく。はじめの鍋がすっかり焦げてしまっているのだ。うろたえてその鍋の始末にかかる。その間につぎの鍋が焦げている。今のガスは火力が強いから気をつけるようにと亡くなった妻がよくいっていたことをおもいだすのだが、すぐ忘れてしまうのだ。こんな調子でいままでいくど鍋を焦がしたことか。煮物ばかりではない、温めていたスープや味噌汁を焦がし、はては湯をわかしていたヤカンまで焦がしてしまうことがある。それで、ちかごろは鍋をつかうことはなるべく減らし、なんでもかんでも、フライパンで炒めるようにしている。たった一人の食事をつくるだけでも、こんなていたらくだ。ちかごろは、外食して、コックさんが大勢の料理をつぎつぎにつくってゆくのを見るとただただ脱帽するばかりだ。

＊

こんなことを書いていると、この「瀑状胃物語」もそろそろ打ち切るべきだとおもわざるをえない。このつまらない連載を読み続けてくださった方には心からのお礼を申し上げたい。じつはみなさん方が、今の世の大事な問題を真剣に考えて書いておられるなかで、こんなふざけたものを書いているのは、わたし自身気がひけていた。目を転じると、発展途上国では、大勢の人が、とりわけこどもたちが、食物がゆきわたらなくて餓死してゆくという。いたましいことである。それなのにこんなことを書いてきて不愉快におもわれた方もあるとおもうが、お許しいただきたいとおもう。

（二〇〇九・七・二五）

その他　あれこれ

スター誕生せず

テレビなどというものは、よほどのこと、たとえば、銀行強盗の一味になってぱくられるとか、動物園でライオンに食われるとかしないかぎり、わたしがうつることなぞないものとおもっていた。ところが、なんとしたことか、そのわたしが、テレビにでることになったのである。

十年ほどまえのことだ。NHK支局のディレクターなる人がわたしの家に来て、テレビにでてくれというのである。とつぜんでもあるし、テレビにでるなんて恥ずかしいことは、とわたしは断った。しかし、だんだん話をきいてゆくうちに拒みきれなくなった。とりあげられる問題がわたしの通っている病院のことであり、わたしを推薦したのが主治医のM先生だったからだ。しかもわたしにとってもM先生にとっても、個人的なものにとどまらない大問題だったのだ。そのころから、厚生省は全国各地にある国立療養所の統廃合をおしすすめていた。その一環として、この病院でも四棟ある結核病棟の一棟を閉鎖しようとしている。かつての労働組合のリーダーであり、現呼吸器科医長であるM先生も、愛知県患者同盟の会長になったばかりのわたしも、なんとしても阻止しなければならなかった。ともあれ、わたしはT療養所にM先生を訪ねた。M先生によれば、この問題は一刻もはやく、広く市民に知ってもらう必要があるので、かねて知り合いのディレクターにとりあげてもらうことにしたということだった。だいたいの構想は先生とディレクターのあいだで話しあわれていた。すなわち、問題の大要についてM先生から語り、それが患者にとって死活に関わることを療養所の患者自治会長が訴え、それを結核回復者の立場からこの運動を応援している患者同盟の動きも伝えてゆこうというのであった。自治会長には患者運動のことでわたしもなんども会ってよく知っていた。むかしは療養者のなかにも体力的には元気な人がけっこういて、そのなかに自治会長を引き受けてくれる人はいた。しかし、結核の特効薬がいくつもあらわれて、長く入院していた人もどんどん退院してゆくし、新しい患者は二、三カ月くらい入院するだけだ。そのため、重症のSさんが、もう何年も自治会長をつづけてくれていたのだった。そのSさんのところも寄って、お見舞いかたがた、患者たちの意見などをたずねたりした。そんなことで、三者が集まって話し合うということも無理なので、ディレクターがそれぞれと連絡してくれることになった。

以来、ディレクターは、ひんぱんにわたしの家をたずねてくれた。最初の日には、わたしたちの組織、愛知県患者同盟とその上部組織である日本患者同盟についてわたしが語っていたようにおもう。わたしは敗戦の年に軍隊で発病、十三年間、愛知県の別の療養所で療養生活を送っていた。その半分以上は絶望的な症状で、ベッドで寝返りもうてないほどだったが、奇跡的に回復することができた。元気になるにしたがって、わたしは患者運動にのめりこんでゆき、自治会、県患、日患の役員にもなっていた。そんな記憶が蘇って、わたしは熱っぽく語っていた。そのころ、県患では、今度の問題について、とりあえず署名運動をはじめていた。ディレクターは、それはいい、ただ対象は一般市民がいいといった。わたしは、署名に協力してくれる市民として、近所に住む甥のところを考えた。頼みにゆくと甥は勤めにでていて、その嫁が承知してくれた。とりわけ、二人の幼児がテレビにでられるというので大喜びだった。向かいの妻の友人にも頼みこんだ。連絡すると、ディレクターはすぐ翌日、カメラマンをつれてきて、ビデオの収録をしていった。ディレクターはまた、ある晩とつぜんやってきて、歌をつくるところが撮りたいという。わたしが短歌をつくっていることはM先生からきいてきたようだが、短歌については王朝時代の風流歌人のイメージしかもっていないようだった。いきなり縁側の椅子にかけさせ、庭で鳴く虫の音に耳をかたむけ、手にもつノートに歌を書いてゆくポーズをとるようにいいつけた。わたしはいまさら断りきれず、いうままに動いていた。

こうして三者のところで撮してきたものを編集して番組ができあがり、いよいよ放映されることになった。なかなかうまく纏めてあり、はじめてこの問題を知った人も、だいたい理解してくれたのではないかとおもった。わたしに関する部分では、署名とりのところは妻の友人のところだけ。歌人の創作風景はカットされ、やれやれとおもった。そして撮られていることに気づかなかったが、療養所のロビーで県患の役員と打ち合わせをしているところが放映された。声は入っていなかったが、わたしが両手を広げたり、振ったり、けっこうハデなゼスチュアをしていたのに苦笑した。いちばんたのしみにしていた甥のこどもたちにはがっかりさせてしまった。

ところで、この番組の制作中に、わたしは別の民間放送のテレビに映った。この療養所の問題について県衛生部へ、県患として陳情にいったのが取材されたのである。放映が終わったら、すぐに療養所時代から知り合いの、ある夫人から電話をもらった。「いま見たわよ」はよかったが、つづいて「手と足がいっしょに動いていた」というのである。いわれてみれば、わたしは小さいときから緊張すると手足を同じ方向に振ってしまうのだ。よほどあがっていたのだろう。

もうひとつついでに書いておく。時期はそれよりしばらくあとのこと、こんどは全医労、医労連との共闘組織ができて、おなじ問題でやはり県衛生部に揃って陳情にいった。こんどは応接間に通されて三者の立場から要望を述べることができた。この日もテレビ局がきていたが、陳情がおわったら、県庁へ乗り込むところがほしいから、もういちど、いっしょに入ってくれ、という。やらせであった。

さきのNHK番組からいくらもたたないある日、例のディレクターが訪ねてきた。前回の問題をもうすこし時間をかけて、三十分番組としてやりたいというのである。たしかに三十分というのは、テレビとしては長い時間だ。このまえの三人の生活もまじえつつ、病棟閉鎖問題を描きたいという。わたしの関係ではまた署名集めをやることになったが、こんどはもっとおおがかりだ。わたしと妻が台にのせた署名用紙を持って、近くの大通りを歩いてゆくのである。いっしょにきたディレクターが、四階建てのビルを見つけて、その屋上から撮すから、ゆっくりとこの下を歩いてこいという。ここまで演技をつけられると、わたしはテレビドラマの出演者のような気になってくる。ディレクターはまた、わたしと妻を近所の駐車場に連れてゆき、ここでこんどの問題について、わたしの意見を述べよという。もうなんども話していることなので、わたしはよどみなく話すことができた。ただこの日、夕暮れの曇り空のしたで、いかにも寒そうに写っていて具合がわるいから、撮り直しをしたいといってきた。どこかいいところはないかというので、すこしさきの小公園に案内した。藤棚の下、池をまえにしたベンチ。絵になるではないか。わたしは妻と並んで座り、しゃべりはじめた。いつか調子にのって、演説調になっていた。放映まで幾日かあった。それを待つあいだに、わたしの妄想はどんどんひろがっていった。放映されたら、聴視者たちはわたしの演技を称えていっせいに投書してくるだろう。そのころは、局のなかでも評判になり、ドラマ部門でもでてもらうといいという声がしきりとなる…。いよいよその番組がはじまった。療養所の風景にはじまり、M先生とS自治会会長とがこもごも日常の姿を見せつつ、病棟閉鎖の問題について訴えていた。時間はどんどん経って、わたしの出番はなくなっていた。最後にM先生の診察風景が映しだされた。そこではじめてわたしの姿があらわれた。胸部を聴診されていて、大きな手術の跡が残る背中だけが映された。そして「この男性は七十ウン歳、戦後まもなく成形術を受け…」とコメントが添えられた。こうして、スターはついに誕生しなかったのである。

（二〇〇四・一二・三一）

朝日訴訟について

憲法第二十五条　すべて国民は、健康で文化的な最低限度の生活を営む権利を有する。

1　国は、すべての生活部面について、社会福祉、社会保障及び公衆衛生の向上及び増進に努めなければならない。

岡山県の国立療養所に朝日茂さんという患者がいて、生活扶助を受けつつ長く入院生活を送っていた。一九五六年、福祉事務所は兄さんを見つけだし、毎月千五百円ずつ朝日さんに仕送りさせた。福祉事務所は、そのうちの六百円は、入院患者日用品費の支給に替えさせ、残りの九百円は医療費一部負担金とした。けっきょく、兄さんが苦しいなかから送金してくれても、朝日さんの手許には従来どおりの額しか残らなかった。朝日さんは重症で絶えず血痰が出ていた。食欲は衰え、画一的な給食が喉にとおらないことが多かった。そんなときにイワシの丸干しが一尾あればご飯も食べられるのにとおもった。送金のうち、あと四百円あればそんな補食もできると、県知事に保護条件変更に対する不服の申し立てをおこなった。しかし知事はこれを却下した。朝日さんはさらに厚生大臣に不服申し立てをしたが、これも却下された。

怒った朝日さんは行政訴訟を決意した。これには朝日さんのいる療養所の患者自治会がまず支援をきめ、上部組織である日本患者同盟中央も全面的に支援することになった。労働組合も支援にのりだす。報道機関も大きく取りあげ、社会の人々の関心も集まった。

一九五七年の日患全国評議員会では論議のすえ、「日用品費の低劣な内容は保護基準の低さからきている。保護基準は憲法第二十五条の理念を無視しており、憲法違反だ」ということを主軸に訴訟を闘うことを最終的結論として決議、本格的な闘争体制に入った。

東京地裁で訴訟がはじまる。弁護団の訴状説明についで証言がつづく。医師、ケースワーカー、給食担当者、日患組織部長、専門学者らが、経験や研究をふまえて証言した。これに対して、厚生省側が探してきた御用学者は「日本には藁や草で用をたしている階層がある。入院患者はちり紙なども使えるのだから文化的だ」と証言した。異例の現地検証と現地公判もおこなわれた。臨床尋問では、朝日さんは懸命に重症者の実態を裁判長に訴えた。訴訟はついに勝訴した。

厚生省は控訴した。朝日さん側は体制をさらに強化して闘ったが、不当判決によって敗訴となる。その翌年朝日さんは無念のうちに死を迎えた。直前にたてた養子によって、裁判の継続をはかったが、最高裁は生活保護受給権は相続できぬとして訴訟終了とした。

しかしながら、この訴訟は、療養者のみか、生活困窮者、労働者ほか広範な人々を大きく力づけた。憲法第二十五条が人間らしく生きることを国民の権利としていることをみんなが知った。

いま小泉政権は、生活保護をはじめ、介護保険、医療、年金など、社会保障のすべてにわたって、改悪につぐ改悪を強行している。わたしたちは朝日訴訟をふりかえって、憲法のうたう生存権の確立をはからなければならない。

（二〇〇三・一〇・一五）

元号について

わたしは元号が大嫌いだ。

なによりも元号はすこぶるめんどうくさい。かりに、ある人が明治三九年に生まれ、平成一一年に亡くなったとしたら、亡くなった時の年齢はいくつであっただろうか。まず明治四五年から三九年を引く。六である。つぎに大正の一五年から一年を引くと十四だ。一年を引くのは、大正元年は明治四五年の残りで、合わせて一年になるからだ。さきの六に、その十四を足す。二十だ。それに昭和六四年から同様に一年を引いた六十三に、さきの二十をたす。八十三だ。それに平成の一一年から一年を引いた一〇を足す。こうしてやっと没年九十三歳がでてくる。計算は大変やっかいだ。もちろん、暗算ではできそうもない。これが西暦をつかえば、一九九九から一九〇六を引けば、あっというまにできてしまう。いまあげた例は身近な元号ばかりだからまだいい。もし、すこし前の年代であったなら、もうお手上げである。

森鷗外に、「渋江抽斎」という伝記がある。鷗外は津軽藩の医官であった抽斎を敬愛、そのあらゆる面を克明に調べあげて、いきいきと彼を描き出している。たいへん興味ぶかいのだが、ひとつ閉口するのはやたらに元号がでてくることだ。今、本をいい加減に繰ってみて、かたっぱしから拾い出してみる。弘化・寛政・嘉永・安政・正保・寛文・文政・正保・元文・天保・明和・文化・寛保・天明・安永…。まだ、ほんの一部を繰っただけで、さらに繰ってゆけばもっとたくさんでてくるだろう。いくつかは知っているものもあるが、それらを含めて、どれが前でどれが後かわからず、いつごろの年代なのか、さっぱりわからないのである。書いた鷗外は大体知っていたのであろう。しかし、読者のほうはわたしと似たり寄ったりの人が多いのではなかろうか。

わたしは、勤めを辞めてからもう二十数年にもなる。だから、いまのことは知らないし、いまではよほど変わっているとはおもう。勤めていると、元号のことでおかしなことがあった。わたしの勤めていたのは砂糖の元卸商だったので決済が早く関係ないが、めぐりでは、期日を昭和七十×年とする手形を組んだり、受け取ったりするようなこともあった。

長期借入の最終返済日や生命保険の満期日などでもそうだった。それぞれ昭和天皇がすでに瀕死の状態にあったときにである。

そもそも、年号は紀元前、中国で生まれ、はじめのうちはさまざまなかたちがとられ、おなじく紀元前、前漢の武帝がはじめていまの形態の年号を定めたという。日本では中国にならって、孝徳天皇のとき、大化という年号をはじめて定め、以後、多少の中絶はあったが、現在にいたるまでつづいている。やはり天皇を権威づけるためで、天皇即位のさいはもちろん、祥瑞や異変のあるたびに改元されていた。明治になって一世一元ということになる。元号は、中国周辺の多くの国でつかわれてきた。しかし、元祖の中国では清朝の滅亡によって廃止され、その他の国でも相次いで消滅して、いま、元号を残しているのは日本だけとなっている。

政府・官庁・学校・マスコミ等様々なところで、今なお元号が用いられている。環境がこのようであり、また長い習慣もあって、一般で、まだまだ元号を使う人がけっこう多い。ことしもらった年賀状を見ると、平成二十一年とあるのが何枚もあった。

わたしは、ずいぶんまえから元号を嫌い、つかわないできた。だから、いまが平成何年なのか、よくわからないことがある。いまでもおもいだすのだが、図書館に、８・１２なども書いてある。わたしはそれをと見て、なんだかよくわからなかった。館員にきいて、やっと平成八年のことだとわかった。

いろいろな届をだすとき、用紙の日付欄にはあらかじめ平成と印刷してあることが多い。わたしはそれを消して、西暦に直して書く。これはささやかな抵抗である。しかし、いまはもう、大勢の人によびかけて、めんどうなだけでなく、天皇制と深く結びついている元号を廃止するようにしたいとおもう。

（二〇一〇・一一・一五）

ギョメイギョジ

ギョメイギョジと読まるる待ちて咳を湊を堪へゐたりき幼きわれらは

　さきにわたしが上梓した歌集「時」のなかの一首であるが、これを読んだある人から、ギョメイギョジってなんのことかと質問された。なるほど、これはこの人にかぎらず、戦後世代のだれにもわからないことばだと気がついた。

　敗戦前、四大節とよばれる祝日があった。四方拝、一月一日で、天皇が伊勢神宮などを拝し宝祚の無窮を祈る日。紀元節、二月一一日で神武天皇即位の日。天長節、四月二九日で、天皇誕生日。明治節、一一月三日で明治天皇の誕生日。いずれも皇室を称える祝日である。これらの日には、小学校はじめすべての学校で、教育勅語の奉読がおこなわれた。

教育勅語というのは、明治天皇の名で国民道徳の根源、国民教育の基本理念を明示した勅語。一九八〇年（明治二三年）一〇月三〇日に発布された。文部省はその謄本をつくり、全国の学校に配布し、その奉読をせしめたのである。

勅語だけではなかった。その日、校門には大きな国旗日の丸が掲げられている。式場では、まず、国歌君が代を奉唱する。それからご真影である。天皇皇后の写真のことであるが、それを祠のようなところにかかげて、御簾《みす》でおおってある。その御簾を校長がおごそかにまきあげてゆく。天皇皇后の顔が見える。出席者一同は最敬礼をする。わたしも忘れてしまったが、ここで国歌の奉唱をしたのだったのかもしれない。そうだとしたら、歌いおわると、またおごそかに御簾をおろす。だから、御簾を上げている間、つまり、天皇皇后の写真が見られるのはほんのちょっとの時間だけだ。天皇は現人神《あらひとがみ》、つまり、人間の姿をして、この世にあらわれた神だから、長くは見せられぬというわけだ。

こうして式場は、いやがうえにも荘重な雰囲気がつくりあげられてゆく。

そこで、いよいよ校長の勅語奉読だ。校長はいかめしく抑揚をつけて勅語を読みつづけてゆく。

チンオモウニワガコウソコウソウクニオハジムルコトコウエンニ……

その間、一同は頭をさげて謹聴していなければならない。長い長い時間。

　メイジニジュウサンネンジュウガツサンジュウニチ

本文をやっと終って、いま発布の日付を読んでいる。ああもうすぐだ。

　ギョメイギョジ

やれやれ終わったぞ。こどもたちはいっせいに、こらえていた咳をし、洟をするのである。

もちろん、勅語の奉読は全校の児童がいっせいにきくわけである。低学年のこどもたちには、なにがなんだかわからない。ところが、だんだん上級にすすむにしたがって、勅語が理解できるようになっている。そのころ教科のなかに修身科というものがあって、勅語のなかで教え込もうとしていることが、すこしずつ、その修身科で教えられてゆくのである。ギョメイギョジが天皇の名であり天皇の印であること、つまりサインであることを知るのだ。

万世一系の天皇に対する忠誠服従こそが、国体の精華であり、皇運を扶翼するのが、日本臣民の存在理由だというのである。教育の淵源はこのような精神に求められた。親子・兄弟・夫婦のあり方から、社会生活のありかた、などがさとされ、ひとたび戦争になれば、一身をなげうって天壌無窮である天皇の繁栄を守れといわれる。

小学校を卒業するころには、だれもがこのような勅語に感化され、忠良な皇国民となるのである。

敗戦後、教育勅語は新しい憲法の精神に、まったく反するので、廃止された。だから、戦後世代の人たちは、教育勅語を知ることなく、ギョメイギョジがわからないのが当然である。しかし、戦前にはこうしたおぞましい時代があったことだけは知ってほしい。そしてふたたびこのような時代のこないようにしたいものだ。

（二〇一〇・七・二五）

やっぱり神であった・天皇階下

やっぱり神であった

敗戦後まもないころ、天皇自身が、朕（チン・天皇が自分をさす語）は神ではないという、いわゆる人間宣言を勅語のかたちでしたことがある。

それまでずっと天皇は神ということにされていた。人間でありながら神であるから、現人神《あらひとがみ》といわれていた。ながいあいだ、そのようにいわれていたので、国民（そのころは臣民といっていた）はなんとなくそのように受けとっていたのだ。なんとなくしたがっていただけなので、天皇が人間宣言をしたところで、たいした動揺もなく、むしろ、あたりまえのことをいいだしたな、と受けとめたのではなかったか。ともかくそれで、天皇を神などとおもうことはなくなった。

しかし、いつからか、わたしは、天皇はやっぱり神であった、とおもうようになった。軍人に賜りたる勅諭というものがあった。明治の初期、高揚をみせてきた自由民権運動が、軍隊に影響をあたえるのをおそれて、軍人にあたえたもの。軍隊では、これを全文暗記させ、朝晩の点呼には一部分ずつ朗読させるなど、最大限利用した。こうして軍の規律がきびしく保持された。

勅諭はまず、「我が国の軍隊は代《よ》々《よ》天皇の統率したまうところにぞある」と述べて、天皇が政治から独立した統帥権を保持することを宣言する。そうした前文のあとに五か条の徳目が列挙されているが、その第一が忠節の項である。「軍人は忠節をつくすを本文とすべし」と冒頭にうたったあげく、自分に対して無条件で忠節をつくせという。わたしが、やっぱり天皇は神だというのはここだ。普通の人間なら、気恥ずかしくて、こんなことは口にできるものではない。それがきまりわるがらず、ぬけぬけといえるのは、やっぱり神でしかないと考えざるをえない。

教育勅語については前に書いたが、自分に対する忠をしきりにうたい、「一旦緩急あれば」いのちをなげだしても自分に忠義をつくせ、といっている。これも人間のことばではなく、神のことばではないか。

それだけではない。天皇は神である、ということは、国民生活の隅々まで浸透していたのである。

天皇階下

こんなことがあった。大阪の某大新聞で、天皇陛下とあるべきところを、紙面には天皇階下と印刷してしまった。おそらく植字工がまちがえたのを校正係が見逃してしまったのであろう。「陛下」と「階下」では大違い。おそれおおくも「陛下」を「階下」とするなんて、不敬きわまる、と大問題になって、社長か編集局長かが辞職した。ずいぶん有名な話だが、わたしのまだ幼いときのことなので、知ったのはよほどあとのことだ。

ところで、わたしはその「陛下」の「陛」を見たのである。二〇〇〇年、いまは亡くなった妻とともに北京へゆき、その一日、故宮博物館、かつての紫禁城を見学していたときのことだ。

ここには、煉瓦づくりの立派な御殿がたくさんあるが、それらを巡って、わたしたちは、皇帝のための宮殿の下に立った。どの御殿にも、その前後には、そこに入るための石段があるが、この宮殿では、左右に石段があり、その間に皇帝専用の階段がある。皇帝が昇り降りするから、いま便宜上階段といったが、段になっているわけではない。巨大な一枚岩を加工したもので、幅四、五メートル、長さ二〇メートルはゆうにありそうだ。その石には竜が彫ってある。きわめて見事だ。そこを皇帝がどうして歩くのか、ちょっと考えられないが、ともかく皇帝が歩いてのぼってゆくことになっている。これが「陛」だったのだ。こうして見れば、「陛」と「階」とは、大違いどころか、まったくおなじ種類のものなのだ。しかも「陛下」と「階下」とはつながっていて境界もわからないのだ。

そんなことをおもっているわたしたちに、ガイドはつづいて、この石をどうして運んだかを説明した。いまでもそれを運ぶのは容易ではあるまい、とおもう。一五世紀にどうして運んだのか、わたしは興味をもって聞いたのだが、いつのまにか忘れてしまっておもいだせない。

（二〇一一・一〇・二五）

わがウィタ・セクスアリス

本棚をいじくっていたら、こんな本がでてきた。森鷗外の「ウィタ・セクスアリス」という本である。性欲的生活といった意味で、ある哲学者が、自己の性生活を告白してゆくかたちの自伝体小説である。わたしが最初に読んだのは旧制商業高校の四年生（今の高校一年ていど）。友人に借りて動悸しながら読んだものだが、以来何度も読んできた。今回も読んだのだが読んでいるうちに、ふと自分が書いたらという気になった。性欲などもうずいぶんまえに涸れてしまったいまごろ、なぜと思いつつ筆をとった。

「六つの時であった。」伝記はこんな書き出しではじまる。主人公は津和野らしきところのお屋敷をとびだして、近所の後家さんの家にゆく。そこには、どこかの娘がきている。二人は本を見ていたのだが、かれを見てあわてて伏せる。なんの本かときくと、おばさんは、絵のなかのある部分をさして、なにとおもうかと問う。男女の複雑な姿勢を見て、足だろうというと、ふたりは大笑いした。十歳のとき、こんどは自宅の蔵で、同様の本が鎧びつのなかにあるのを発見する。わたしは友人に借りたとき、ここを読んで、家の蔵をずいぶん探したことがある。しかし、ついに発見できなかった。

同じ年に主人公のところに近所の娘が遊びにくる。一計を案じたかれは、縁に上って庭に飛び降りた。娘も飛び降りる。二回目をやるのだが、着物が邪魔になるからといって尻をまくって飛び降り、娘にも同様に飛び降りるようにいう。娘は従う。かれは、「目を丸くしてのぞいていたが、白い足が二本腹に続いていて、なんにもなかった。」と失望する。わたしの家の土間には下水管に通じる細い溝があったが、妹は小さいとき用を足すのに、ここをつかっていた。だからなんともおもわないでずっと見ていた。

わたしの小学校二年のときだ。運動場の真ん中で、クラスのOとFとが、「結婚しましょう」といってだきあった。わたしは意味もわからずぼんやり見ていたが、いまおもえば、Oはずいぶんいいところまで意味を知っていたようにおもわれる。ぼんやり見ていたつもりなのに、印象が深かったのか、ときどきおもいだした。二年生のころとおぼえているのは、そのときの担任の先生が、わたしたちに標準語でしゃべるようにいいつけたからで、Oは標準語のつもりで丁寧語をつかっていたのだ。

主人公たちは武士階級のながれなので、男女七歳にして席をおなじくせずという教育がきびしかった。わたしたちも学校では多分にそうだったが、家に帰るとちがう。どの家もこどもがたくさんいて、男の子も女の子もいるので、遊びにゆくときはみな連れだって遊びにゆく。ある夕方、通りで大勢で縄跳びをしていると、どこかのおじさんが見ていて、「男と女とおっちゃんちゃん。赤ちゃんができたらどうしゃあす」といってはやした。「男と女とおっちゃんちゃん」まではわたしたちもつかう。たとえばFには姉さんがいて、教室まできてFと話す。そんなときに、これをもちだしてからかう。ところが、それに赤ちゃん云々がつくといかにも唐突のようで、さっぱりわからなかった。そのときおしゃまな女の子が、「赤ちゃんができたら、だっこしたりおんぶしたり、かわいがるだけだわねえ」といった。おじさんは笑っていた。

主人公が七つのとき、学校にかようようになったが、その途中のある家のまえで、五十ばかりのじいさんに呼び止められ、「坊様。あんたあおとっさまとおっかさまとと夜何をするか知っておりんさるかあ」といわれたことがある。わたしの家のあたりは商家が多く、店の小僧などから得た知識でそれに類することをときどききくようになる。しかしわたしの家では夜電灯をつけたまま寝ていたのだが、なんにも見たことはない。だからいろいろきくのは、みんな嘘だとおもいこんでいた。

十一のとき、主人公はおとう様に連れられて上京する。まもなく学校に入り、寄宿に入る。そしていろいろな生徒と同室し、いろいろ教育されてゆく。その年ごろのわたしをおもうと、真似もできなくなってしまう。

（二〇一二・四・二五）

猫

わたしはいま、猫といっしょに暮らしている。

わたしは猫など飼ったことがなく、猫が苦手だった。いっぽう、三年前に亡くなった妻は、たいへん猫がすきだった。それで、家に野良猫が来ると餌をやり、そのうちに、家の中で飼うようになってしまった。それどころか、また、別の野良猫が来ると、その猫も同様に、飼うようになった。はじめのは黒く、あとのは茶色だった。妻はその二匹をずいぶんかわいがったが、わたしはただ見ているだけだった。

ある日、黒いほうの猫がとつぜん、いなくなってしまった。妻は心配していたが、四、五日したらもどってきた。やれやれとおもったら、また、いなくなってしまって、今度はそのまま、もうもどってくることはなかった。どこか、家よりも待遇のいいところが見つかって、転居するようになったのであろう。妻の落胆は大きかった。それどころか、もう一匹の茶色のほうの猫もいなくなってしまった。それも妻が入院している間だ。ある朝、猫を外へ出してやったら、そのまま、もどらなくなってしまったのである。妻が退院してから、その友から聞いたところによれば、大通りに出て、車に轢かれ、死体をカラスにつつかれ、骨と皮ばかりになっていた、ということだった。妻はたいへん悲しがった。

それからしばらくして、妻の別の友がきて、猫を飼わぬかという。すこし離れた駐車場に、段ボールの箱に入れて、捨てられていたようだ。生まれてまだ三週間ほどである。妻はよろこんで飼うことにした。猫が来たのが七月だったので妻はナナと名付けた。片手にのるほどで、まだ目も見えない。猫の子用のミルクをやると、瓶を両手で支えて、一所懸命に飲んでいる。自宅療養していた妻は、自分の布団に入れたりして、上機嫌だった。妻の症状は一進一退だった。症状の悪いときは、わたしがナナの面倒をみなければならなかった。はじめはぶつぶついっていたが、世話をしているうちにそれほど抵抗を感じなくなった。ナナはすくすくと成長した。

妻の病気が急変して、入院した。病状は一日一日悪化した。そして、ものもいえないほどになった。ある日ナナをくれた妻の友が、ナナの写真を撮ってくれたので、それを妻に見せてやった。妻はにこっと笑った。ふだんみせたこともないような、すがすがしい、いい笑顔だった。それから数日、妻はとうとう亡くなった。

ナナは忘れ形見のようにおもわれて、大事に育ててやろうとおもった。ナナもしだいになついてきた。ナナを飼いだして、飼うというより、お仕えしているような気になることもしばしばだった。ナナはあまり鳴かないのだが、部屋から出る時、部屋へ戻るときには鳴く。そのつど襖を開け閉めしてやらなければならない。それがけっこう頻繁だから、たいへんだ。糞や尿の始末もしてやらなければならない。これはヘルパーがやってはいけないという規則だから、はじめのうちは泣く泣くやっていたものだ。

ナナはあまり鳴かないと書いたが、もうひとつ鳴くときがある。わたしが食事をしようとすると、わたしのすぐそばへやってきて鳴き出す。ナナにはキャット・フードをやっているのだが、もっとうまいものを食わせろというわけである。感心するのは、まだ二階で寝ているとおもっていたナナが、削りカツオの封を開けようとしていると、もうわたしの足元で鳴きはじめるのである。

ナナはときどき脱走する。まえは、ずいぶん長い時間脱走していたのだが、ちかごろははやくもどってくるようになった。それでも帰るまでは心配である。妻は生前、猫は猫どおし喧嘩して負けそうになると、とんでもないほうへ逃げて帰りがわからなくなってしまう、とよくいっていた。いうまでもなく、猫は外に出るときも、家の中も土足のままである。わたしは、外出するとき、靴を履いてから、財布だの、定期だのを忘れていることに気がつく。そんなとき、靴をぬいで部屋にもどるのがとてもめんどうだ。ある日、そんなばあい、ナナのことをおもいだした。猫はいちいち履きかえたりしないのに、ご主人さまのおれがかまうものかと、土足のまま畳の上にあがった。が、やはり人間のかなしさ、どうも気持が悪かった。

（二〇一〇・四・二五）

猫（続）

わたしはずっと猫といっしょに暮らしている。しかも、しごくおだやかにすごしている。そのまえ人間と、つまり妻と暮らしていたときはこうはいかなかったようにおもう。妻は七年ほど病気をしていて、四年まえに亡くなったが、病気のときだけでなく、そのまえの幾年かは、おおむね円満にくらしていたような気がする。だが、そのまえ、とりわけ若いころはしばしば喧嘩もしたものだ。

わたしはペットというものを一度も飼ったことがない。だから猫を飼うのも苦手だった。妻は逆にこどものころから、いろいろなペットを飼っているので、猫をかわいがっていたし、手慣れてもいた。妻が亡くなり、猫が残されると、途方に暮れるという感じだった。猫が忘れ形見のようにもおもわれてきた。猫も自然、わたしにすりよるようになってきた。

こうして我が家は平和な日々をおくっている。ただときとして、猫が突然、わたしの腕をひっかいてくることがある。わたしの傍らに座りこんでいるときにである。べつにわたしが猫を怒らせるようなことをしたわけではない。だから、猫が怒りだした理由はさっぱりわからない。

ふだんも、わたしの腕に前足で触れてくることはよくある。餌のほしいときだ。餌といっても、ふだんの餌としてはキャット・フードがあたえてある。猫が欲しいのは、もっとうまいもの、煮干とか、削り鰹だ。わたしが、食事をしていると、寄ってきてわたしの足もとにちょこんと座るのである。そうして、わたしの顔をのぞきこむ。わたしはそのときの気分で、それをやったり、やらなかったりする。すぐそれをやるのはわたしの機嫌のいいときだ。やらないときは、さらにわたしの顔を見つづける。そして、いよいよだめだとみると、立ちあがって、前足でそっとわたしのシャツを引っぱる。袖がないシャツのときは、ほぼ同じ位置の腕をそっとなでる。そこでおもむろに餌を与える。食いおわるとまた下に座る。そしてまた腕に触れてくる。もうちょっとやると、やっと満足したような顔をして去ってゆく。うっかりやりすぎると、すぐ吐いてしまうので、いい顔ばかりしておられない。

ところで、さきに書いた、いきなり腕に爪をたててくるのは、そんなばあいとはちがう。わたしはコラッというだけで、制裁をくわえることはない。わたしもずいぶん寛大になったものだ。もちろん、猫がわたしをひっかくのは、そんなに頻繁ではない。それで猫とわたしとは、きわめて、平和的にすごしているのである。

夜、わたしは二階のベッドに寝る。ちかごろは、猫もわたしのベッドに飛び乗って、わたしの頭のすぐ横で寝たり、足もとで寝たりする。ある晩、そのどちらにも猫が来ない。しかし、いつもは、すぐ来なくても、わたしが寝てしまってから、来て眠っている。だから、その晩も、わたしは寝てしまった。ところが、朝になって気づくと、その晩、とうとう、猫はわたしのところには来なかった。どうしたのか、とおもいながら、洗面所に入ろうとして、ドアを開けると、なかから、猫がすっと出てくるではないか。昨夜、わたしが洗面所に入った時、猫も入ってきたのか。それを知らないで、わたしはそのドアを閉めてしまったのだ。そのため、猫はどこへもゆくことはできなかったのだ。もし、これが逆だったら、わたしはおこって、猫に怒鳴りつけたであろう。ところが猫はなにもなかったように、ふだんと、まったく同じ顔をしているのだ。よほど人間が、いや猫ができていると、わたしは感服した。

猫を見ていると、漱石の猫をおもう。「吾輩は猫である」だ。これをわたしが読んだのは、まだ、小学校をでたばかりのころである。わりあい読みやすかったが、どれだけ理解できたのか、疑わしい。ただ、文章の切れ端だけは、いまでも、覚えている。「こう暑くては猫といえどもやりきれない。」という一節が、頭に浮かんでくる。猫は傑作だが、猫の目を借りて、人間の頭で書いている。これを、猫の頭で書いたらどうなるか。とおもっているところだ。

（二〇一一・七・二五）

瀑状胃物語（続）

しばらくまえ、わたしは瀑状胃物語と題して、食事に関するエッセイを本誌に連載していた。ところが、それはかなりふざけていたので、急に気になりだした。そして、もっともらしい打ちきり宣言を書いてやめてしまった。

今度また締切がちかづいて、なにか書かなければと思案していると、やっぱり頭をもたげてくるのは食い意地だ。それで、みっともないけれど、またそのつづきのようなことを書かせていただく。

わたしは、もうわずかで九十歳となり、全身がたがただが、歯だけは丈夫で、入れ歯はまだ一本もない。八〇二〇（はちまるにいまる）などといわれるが、わたしは九〇二八である。それに胃腸もそれなりに丈夫なようで、いまでもなんでも食えるというより、歯ごたえのあるもの、あぶらっこいものが好物である。たとえば、スーパーマーケットに買い物にゆくと、鶏の皮を買ってくる。ささみなどは病人向けだとおもっている。

ところが、このまえ、体調をこわしてしまった。そのとき、弟が来て、買い物をしてきてやる、といったが、弟はあまり買い物に慣れていない。変なものを買ってこられても困ると考えたあげく、トンカツと海老フライとを頼んだ。わたしはこうしたものをスーパーマーケットで買ったことはないが、いっぺん試してみたいという気もあった。トンカツはフィレだな、というので、ロースのほうだ、という。買って帰るのを見ると、消費期限としてその日が書いてある。二、三日はいいだろうと、おもっていたのだが、やはり夏場のことなので、そうなったのであろう。トンカツは容器に溢れるほど大きく、ずいぶん分厚い。海老フライはけっこう大きな海老が三尾。とても一度にはむりだ。そこで、半分は明朝までご猶予願うことにする。二種の半分もたいした量だったが、案外何とか食えた。翌朝半分はべつになんともなっていなかった。ただ続けてはちょっととおもったが、なんとか腹におさまった。胃腸をいためることもなかった。

ただ、体調のほうはまだすっかりなおっていないので、食欲はまだほんとうではない。ではほんとうというのはどのていどなのか。体調をこわすまえはこんなふうだった。ご飯を食ったあと、デザートにかかる。これがレストランのそれのようにちゃちなものではない。レストランのデザートはどうか。大きな皿のまんなかに、くだものがちょっぴりと菓子がちょっぴり、まるでままごとのようにのせてある。わたしのはちがう。柿でも、桃でも、ひとつ食ってしまう。それから、ケーキとか饅頭とか甘い菓子を食う。口の中が甘くなってくるとこんどはせんべいとか。ピーナツとか塩からい菓子だ。こんなふうに甘い菓子と塩からい菓子とを交互に尽きるまで食う。

いまはその食欲のもどるのを、ひそかにねがっている。ところで、食欲低下と関係がある、とおもうが、ちかごろ、食事のときにいろいろ考えることが多くなった。なんのために飯を食うのか、という問題である。

ひとつは空腹を満たすためである。まえはいちいち考えたわけではないが、そのために食っていたのであろう。ちかごろはそれがなくなった。いわば腹の命令ではなく、頭の命令で食っているようなものだ。それでも食いかければ食える。これ以上もうおちられぬ。美味を求めるおもいもなくなってはいない。しかしむかしにくらべれば、よほどよわくなっている。ひとつは栄養摂取のためである。わたしは昔結核をわずらっていたので、栄養については頭にしみこんでいる。いま、わたしは自分で、食卓の準備をしているのだが、並べおわると、ざっと眺めまわして、だいたい栄養のバランスがとれていることを確かめる。わたしは戦中戦後の食糧事情の中で生きてきたので、つくられた菜はほとんど残さないようにしている。もったいないというおもいはなくならない。戦いのようなおもいで食事にのぞむこともある。やはり、こんなことを考えないで、食卓につけるのがしあわせだとおもう。

（二〇一二・七・二五）

瀑状胃物語（続々）

いま介護保険でヘルパーにきてもらっている。要介護1だから、週五回、月水金の午前と月金の午後、約一時間半ずつである。それでいっぱいなので、水曜の午後は生協の助け合いのボランティアの人にわずかな会費で来てもらっている。ここではやっかいなので、すべてヘルパーということにしておく。

午前は掃除と洗濯とでだいたいすぎてしまう。だから台所のほうをやってもらうのは午後の人ということになる。一時間半で三人、つごう四時間半でわたしの胃袋を常時満たしてくれるのだ。ただ買い物はけっこう時間がかかるので、これは頼まないで、もっぱら調理にあたってもらっている。それにしてもこれだけの時間で、よくもまあ、わたしをいつもすこしも空腹にしないでいてくれるものだ。そのかわり、ともかく空腹にしないというていどで、満足しなければならない。ごはんは毎日の分を炊いて、タッパーにいれてもらう。ちかごろ、ごはん専用のタッパーができて、なかなか便利だ。円筒形で、一食ぶんずつ入れる。それを毎食、加熱器で温める。慣れると抵抗なく食える。ふたの開け閉めもらくにできるし、そのまま食器がわりとすることができる。それで二食、あとの一食は、パン、うどん、そばなど。なんにもないときには、メリケン粉を溶いて、お好み焼きをつくる。つい代用食などといってしまうことがあるが、もちろんそれらとはおおちがいだ。

主食はそんなことでこと足りているが、副食のほうはちょっと事情がちがう。これもごはん同様、とぎれることのないようにつくってもらって食うわけだが、これはごはんのようなわけにはいかない。一品ずつ、タッパーに入れて冷蔵庫にいれる。それを毎食食ってゆくわけだ。つまり、その日の夕飯に食い、あくる日また三度食い、なお余ればそのつぎの日に食う。それも一品か二品ならまだともかく、三品も四品もおなじものばかり食うのは、よほどの忍耐力を要する。

買い物は頼まないといったが、では食材の調達はどうするかということになる。まず、野菜だ。これは引き売りの八百屋のおばさんが毎週すぐ近くまでくる。ところがわたしの家は坂の途中にあって、わたしには、坂の下から野菜をもってくることはできない。そこでそのおばさんが一週おきにわたしの家まできて、注文をとりそれを下から運んでくれることになった。野菜の大部分はこうしてまかなっているのだが、それぞれ一品ずつポリエチレン袋に入っている量が多いうえに、二週間に一度ということになると、はじめは新鮮な野菜がどんとくるが、ものによって、だんだん傷んでくる。傷みかたのはやいものからつかってもらうのだが、しまいには使えないものがふえてくる。すぐそばのマンションに生協の班があって毎週荷がおりるので、これも利用している。こちらは果物とか、動物食品の冷凍などを補っている。あとは、わたしが散歩にいったついでに仕入れてくる。いつも買うのは、鶏の皮や肝だが、魚のあらなどもよく買う。また好物の穴子があるとよく買う。こうしていろいろとりあわせるとけっこうバランスのとれた食生活をおくることができる。

午前もそうだが、午後もみな違った人がくる。それも他地方からきている人がわりあい多い。そうした人たちのいちばん困るのは味噌だ。これは出身地によって、じつにさまざまだ。当地方では、もっぱら大豆でつくった赤味噌、特に上等なのが、八丁味噌だ。わたしたちはもっぱらこれを好むのだが、よその人はうけつけない。それでもみな、あわせてくれるのだからありがたい。そのほか、それぞれの家の好みなどもいろいろちがうのであろう。そういうのはなるべく、そのまま食うようにしている。

ヘルパーにこのようにしてもらっても、どうしても、量的にまた質的に、もっとなにか食いたくなる。それで、そのときの気分によって、わたしが台所にたつことになる。まえにも書いたとおもうが、もともとこうしたことは嫌いではなかった。元気だったら、わたしがヘルパーになって、人のものをつくってあげたいほどだが、ずいぶん衰えてしまって、面倒になることがちょいちょいある。

（二〇一二・一〇・二五）

瀑状胃物語（またぞろ）

ついこのごろ、こんなテレビを見た。九十三歳の婆さんが短距離を走るのである。何本か白線を引いた、ちょっとした練習場のようなところで、スポーツウェアを着て、百メートルか、五十メートルか、とにかく走っているところがうつしだされる。そしてそれを可能にしたものとして、彼女の食生活をうつしだす。朝食としてステーキを食っている。ぺろりと食いおわると、どんぶりにわりこんだ生卵をすする。昼は鰻どんぶりだ。これが毎日の食事のようだ、それを許す経済力もさることながら、その食いっぷりには、大食で内心いい気持になっているわたしも降参である。

さて、それを枕にして、テレビは高齢者として健康を保つには、肉を食わなければならないという。先年まで、年寄りは肉などもってのほか、菜食ですごせといわれていたのが、突然の大転換である。その教えをまもらなかったわたしはほめられるかとおもったが、まだまだ不十分だぞという声もきこえてきそうである。テレビはさらに、では、なぜ、年寄りに肉がいいのか、医学的な解明に入っていったが、わたしにはそこまで見れば十分だった。

肉といえば、わたしの肉に関する思い出のはじまりは、小学校に入学するころ、ちかくのデパートに肉を買いにいくおつかいをしたことである。無事デパートについたが、さてどれだけ買うのだったか、忘れてしまった。百匁だったか、五十匁だったか、思案していると、店員が心配そうな顔をする。だが、わたしは悠然として、「うまいもんだで、百匁にする」と答えたのだ。そのころ、わが家ではどのようにして肉を食っていたのか。目に浮かぶのはすきやきだ。四角い七輪がすっぽり入るような正方形の食卓を大家族がとりかこんだものだ、そのほかは野菜と煮るくらいであったろうか。姉が女学校に入り、料理の時間にならってきたものを復習がてらつくってくれる。肉料理は俄然一変してハイカラになった。

婆さんの食う鰻もわたしのやきもきするところだ。まえは弟が家へ来るたびに鰻丼をお土産用にした折詰をもってきてくれた。このごろはわたしを車に乗せて、わりあい近い鰻屋につれていってくれるのである。早く連絡のあるときは朝飯を減らして鰻の盛りのいいところに、そうでないときはもう一軒のややお上品な、いくらか味もいいところにつれていってもらう、弟は太りすぎで食事制限をしているのだが、この日はわたしといっしょなので、特別ということにしてパクつくのである。

弟とは違うが、わたしも食事に多少気をつかっている。便通を整えるために、玄米を食っているのである。これはそこそこの効果がある。いまの玄米は多少搗いてあるのか、食うのにいっこう苦にならない。むかし軍隊にいたときは玄米飯だった。ゆっくり噛んでいるひまなどないので急いで食うと、それが出るときは、原形そのままであった。戦争末期なので、ただでさえすくない食糧がいかにももったいない話である。なにかのついでに、家に来るヘルパーにこの話をしたところ、信じられないというような顔をしていた。

ヘルパーに話したといえばこんなこともあった。これは、さきの話よりだいぶあたらしい。マヨネーズをつくる話である。むかしマヨネーズをつかいたいときは、いちいち手作りをしたものだ。まず卵の黄身をとりだしてよくかきまわす。そこにサラダ油を少量落して混ぜあわせる。つぎに酢を落として混ぜあわせる。こうしてなんどもなんども油と酢を交互におとしては混ぜてゆく。やっとマヨネーズができあがる。そんな話をしてもヘルパーはきょとんとしているのだ。考えればわたしにはついきのうのことのようにおもいだされるのに、ヘルパーはそのころ生まれたような年齢だ。

ずいぶんまえから、マヨネーズはプラスティックの容器に入れて売られている。欲しければそれを買えばいい。プラスティックの発明はいろいろな物の流通方法を一変した。わたしは砂糖屋につとめていたが、砂糖もポリエチレンの袋に詰めて売られるようになってすくなからぬ影響を受けた。

（二〇一三・一二・二〇）

ヘルパー

　三年余ほど前に妻が亡くなって、わたしはいま介護保険のヘルパーに助けられながら、ひとりで暮らしている。

　ヘルパーにきてもらうようになったのは八年まえ。妻が発病して、介護保険の申請をしたとき、いっしょに申請したら、と勧められたからだった。要介護1と認定され、週に五度、一時間半ずつの介護を、数年間うけてきた。

　ところが、一年まえの審査では、要支援2と認定された。ランクとしては一ランク下がっただけだが、その内容は、週二回、一時間半の介護がうけられるだけだ。こんな年で病気がよくなるとか、体力がついてくるとか、そんなことがあるはずがない。つまりは国の方針で予算を減らすために、認定基準をきびしくしてきたのだ。かかりつけの医師も、認知症にならぬと要介護にはならぬという。わたしは困ったし、腹が立ったがしかたがない。やむをえず、受け入れざるをえなかった。もちろん、いままでヘルパーにやってもらっていたことを、わたしがやれるはずがない。そこで生協の助け合いの制度を利用して、安い費用でヘルパーのように身の回りの面倒をみてもらうことにした。安いといってもずっとのことなのでたいへんだが、体のことだからと、おもうほかなかった。

こうして一年たって、また審査がおこなわれた。ケアマネ（ケアマネージャーのこと）が来宅、調査をしてゆく。まず、生年月日、当日の日付、曜日などをきく。これは認知症の有無を調べるのだ。つぎに、体調や日常生活などを何十項目にわたってきく。なるべく悪くみせかけようとおもってもなかなかうまくいえない。それどころか、問答をつづけているうちに、ついつい、いいところをみせようとして、じっさいよりちょっといいように答えることもある。かかりつけの医師もたずねて、よろしくたのむ。ケアマネと医師の報告をもとに、審査会で検討されて認定がおこなわれるのだ。

しばらくして、認定結果が知らされてきた。開封をしておどろいた。ランクはまたおとされて、要支援1となっているのだ。病状も体調もぜんぜんかわらないのに、なんということか。これではヘルパーの来てくれるのは週一回、一時間半だけとなってしまう。介護なんてほとんどゼロといってもいい。わたしたちは、すくなからぬ保険料を年金からさしひかれているのだ。給付をうければ、その何割かを負担しているのだ。

それで再審査をたのむことにした。今度は区役所から調査にくるという。わたしはきびしい専門家がくるだろうと身構えた。ところが、じっさいにきたのは、まだ若い女性だった。すこし、ほっとした。しかし、なかなかのベテランらしく、質問書をとりだして、きびきびと質問していった。最後に椅子に座って立つところなどやらせて、身ごなしのさまを、じっと観察をしていた。わたしは祈るおもいで彼女を見送った。

役所から通知がきた。おそるおそる封をきった。要支援2をとおりこして要介護1となっている。しかも期間は二年となっている。救われたおもいだった。これがほんとうだ。再申請をしてよかった。それにしても審査会というのも、もっとしっかりしてもらいたいような気がした。地区によるばらつきもあるようだ。もちろんいちばんのもとは、国の福祉政策にある。予算の都合でどんどんきびしくしてゆく。結果として、必要な介護を受けられない人が殖えてゆく。いのちにもかかわってくる。これはもう人道上の問題だ。軍事費、いいなりになっている米軍費用、そんなところをちょっとけずるだけで、介護の予算など、十分うみだせるはずだ。

わたしのばあい、今回はやっとのことで、あと二年間は要介護1の介護を受けられることになった。しかし福祉予算をどんどんひきしめているのをみれば、今後どうなるか、わかったものではない。根本からの改善が必要だ。

（二〇一〇・一〇・二五）

わたしも八十八歳に

『飛翔』が八十八号を迎えた。たいへん、おめでたいことである。遅刊・休刊もなく、ずっと発行がつづいたのは、そのことを考えただけでもずいぶんたいへんなことで、担当の方々に心からのお礼を申しあげたい。

じつは、わたしも、ことし八十八歳を迎える。『飛翔』といっしょに迎えられるのは、とてもうれしい。わたしが生まれたのは、一九二三年（大正一二年）の四月三日である。もっとも、これは戸籍上の誕生日で、じっさいの誕生日は三月二十三日である。というのは、わたしの祖父が出生届をだすのを遅らせてくれたからである。そのことを教えてくれたのは母だ。わたしが小学校を卒業したころだった。母はいかにもすまないことをしたような顔をしてわたしにうちあけた。わたしはだしぬけにそれを聞いて、ちょっとへんな気がしたが、それ以上、どう考えていいか、しばらく迷っていたようにおもう。一両日して、わたしは、祖父の計らいをありがたくおもうようになった。三月で届けるか、四月で届けるか、それによってうんとちがってくる。わたしたちのほうでは、七つのぼり、八つのぼり、といっていたが、数え年の七歳か八歳かで、小学校に入学するのが、一年ちがってくるのだ。このころの一年はずいぶん大きい。わたしの兄も姉も一月生まれなので、七つのぼりだ。けれども、そのために苦労したなどという話は聞いていない。わたしたちのクラスにも、何名かの七つのぼりがいたが、そのために困っていたようには見えなかった。だが、わたしはずいぶん弱虫なので、一年早く入学したら、とてもみんなについていけなかったであろう。

＊

弱虫だっただけでなく、体もずいぶん弱かったわたしが、よくも八十八歳までも生きられたものだとおもう。

じっさい、死んでも不思議はないような危機を、ずいぶん何度も乗り越えてきた。

いちばんはじめは、満一歳（以下年齢は満で記す）のとき。もちろん、自分で記憶しているわけではなく、母から聞いたのだ。脚気衝心で掛りつけの医者から見放されていたのだが、やはり、掛りつけの鍼医が、番茶を飲ませよといったので、のませたところ治った、というのである。母は二、三度、話したようにおもうが、わたしは自分に記憶もないことだし、脚気衝心というのもどんな病気かもわからず、そんなことがあったのか、とおもう程度であった。じつは、今度はじめて調べてみて、驚いたのだが、脚気衝心というのは、脚気に伴う急性の心臓障害で、多くは苦悶して死にいたるというのだ。そのときの母の心痛がよくわかった。

二回目は十八歳のときのこと。わたしはある巨大商社に入社し、いきなり天津支店勤務を命ぜられ、同地にいた。ある時、友人が腸チフスにかかったので見舞にゆき、そこでリンゴをむいて、いっしょに食い、たちまち感染してしまった。すぐ入院したが、病気は急速に悪化し、脳症をおこし、意識が混濁したのである。会社ではもうだめだとおもって、家に電報をうってくれた。あわてた家では、すぐ兄をこさせてくれた。といっても、当時のことだから、名古屋からだと五日はかかる。わたしのいのちが五日もつか、兄はずいぶん気をもみながら天津にむかっていたことであろう。さいわいわたしの症状はすこしずつもちなおしていた。そんなときに兄が着いた。わたしはベッドによってきた兄を認めた。

が、あとから兄のいうことをきくと、そのとき、砂糖がベッドの下においてあるから家に持って帰るように、といったらしい。兄はのぞいて見たがなにもなかった。そんなふうに、わたしは夢とうつつの間をさまよっているような状態だった。そうした状態はずっとつづいていたが、いのちだけはとりとめたことを見とどけて、兄は数日後に帰国した。会社の人たちは、治っても、頭のおかしいのはずっとつづくのではないか、とおもっていたが、かなりの日数のあと、わたしは全快することができた。

三回目は、敗戦のすこしまえ、一九四五年三月、二十二歳のときからはじまる。軍隊で結核を発病、以後十三年間の療養を余儀なくさせられた。そのころは、結核は不治の病といわれ、何度もひどい喀血をしたりしたが、とりわけ、危ないところまでいったのは、一九五〇年、人工気胸術中の事故、今なら医療ミスで、大問題になるところだった。まだ結核の特効薬がないころで、治療法といえば、胸郭成形術か、この気胸術しかなかった。胸膜腔に空気を入れ、肺を圧迫して結核を治療するもの。わたしは発病以来ずっと、週一回、気胸術をつづけていて、そこそこの効果はでていたのだが、ある日、気胸をするとき、針が肺に刺さってしまったのである。そのため、吸った空気が胸膜腔に流れ、胸膜腔が膨れ、自然気胸となり、胸水がたまり、それが化膿する。熱や咳や痰が出、わたしはベッドの上で寝返りをうつことさえできなくなった。膿は筋肉や皮膚を破って体外に出る。医師も家族も患者も、みんなもうだめだと見るようになった。客観的に見れば、やはりもうだめだとおもうほかないのだが、わたし自身には死ぬという感じはぜんぜんなかった。そんな状態のまま三年ほどすぎたが、変えた薬が効いてややよくなったところで、手術をした。それも三度も繰り返したのだが、三度目にやっと胸からの膿がとまるようになった。そして、それから三、四年して、肺機能など他人の半分ほどになってしまっていたが、退院できるまでになったのである。

四回目は一九六二年、六十四歳のときだ。これも医療ミスだとおもう。ある夜、胸が痛んだ。翌朝も胸がおかしく、会社を休み、落ち着いたところで、大学病院で診察を受けた。話を聞いて、医師は狭心症らしい、といった。それ以来、その病院の外来に、受診のため通うことになった。外来の医師は心臓の薬をくれた。しかし、胸の痛みは残った。それをいうと、ほかの薬がもう一錠追加された。それでも胸の痛みは残った。それをいうとまた一錠別の薬が追加された。そのうち、睡眠剤や精神安定剤まで追加された。計五種であるが、わたしはこれを忠実にのみつづけた。そのうち、脈が五十ほどになり、体力が衰え、寝てばかりいるようになった。気力も落ち、判断力もなくなり、ちょっとややこしいことがあると、妻の意見をもとめなければならなくなった。それでも心臓の薬は死ぬまでつづけなければならぬ、と聞いていたので薬はずっとつづけた。そのうち、医師が、よその病院の院長となった。これまで診ていた患者たちに、ついてくるようにすすめ、かなりの人がかわっていった。妻の友人が病院にいるので相談したところ、その病院に残るようにいわれ、わたしは残ることにした。後任の医師は、はじめ、従来の処方を踏襲していたが、半年ほどして薬をやめてみようといった。わたしは途中でやめていいのかとおもったが、医師が大丈夫だというので、五種の薬をこわごわやめた。それから症状が好転、もとの体調にもどった。

＊

そんなふうに、わたしは、もうすこしで死ぬような状態になんどもなりながら、そのつど、奇跡的に死をまぬがれた。おれはフェニックス（不死鳥）だ、などといっていたこともある。

そうした特別のばあいだけでなく、わたしは、長い入院期間もあり、そうでないときも半病人のような体ですごしてきた。たとえば、このごろの状態をいうと、夜は夜で九時間も十時間も寝ながら、昼間眠くってしかたがなく、二、三時間、どうかすると四、五時間、昼寝をしてしまう。昼寝をおわると、やっとしゃんとしてきて、そこそこのことができるようになる。できるといっても、動作はすべて、きわめてスローモーションだ。朝起きて、着替えをするのも、顔を洗うのも、食事をするのも、みんなずいぶんの時間がかかるのだ。

そんな生活がながくつづいているので、わたしはこんなことをおもう。一日に体がそこそこにはたらくのは、せいぜい四、五時間だ。ということは八十八歳も生きたといっても、実質二、三十年しか生きてこなかったのとおなじだ。なんともくやしい。

ああ、書きかけてみたら、泣きごとの連続になった。『飛翔』のお祝いの号に、なんともお見苦しいものを書いてしまった。どうかお許しをいただきたい。

（二〇一〇・一二・二五）

わたしも八十八歳に（続）

『飛翔』の前号は米寿記念特別号であった。わたしもちょうど八十八歳になるところなので、そのことについて書いた。ところが前号はスペースも二倍であったので、ついだらだらと泣き言を書きつらねているうちに、それだけでいっぱいになってしまった。ほんとうは、それを前置きにしてもっといろいろ書くつもりだったのに、それができなくなってしまった。それで、本号ではそれを書いてみたい。前号で書いたように、わたしには、四月三日という戸籍上の誕生日と、三月二十三日という本当の誕生日とがある。いまとなってはどちらでもいいのだが、ともかくそれらをとおりすぎた。じつは、ふたつとも無事にすぎたといいたいところだが、そのすこしまえに風邪をひいて高熱をだしてしまって、いままでぐずぐずしていたところだ。どうやら、パソコンのまえに座れるようになったので、書いてみよう。

*

前号では、八十八歳とはなったものの、いつも病気がちなので、実質二、三十年しか生きてこなかったのとおなじだ、と書いた。だが、そんなことをおもうとき、いつも、わたしは戦争で亡くなった人たちのことをおもうのだ。とりわけ、身近で亡くなった人をおもうのだ。といっても、わたしたちの一家は、さいわいいのちだけは失わないですんだ。だが、親戚には、空襲で行方不明になった伯母がいる。おそらく焼死であろう。それから、従兄が二人戦死している。父方の従兄は中国で数年戦い、戦争末期にフィリピンで戦死、母方の従兄はやはり南方で転戦した末にビルマで戦死している。二人ともよく知っている人だった。あとは、わたしが長く療養生活していたのでほとんど知らなかったが、十年余してから、小学校の同窓会にでて、多少知ることができた。T・Iは陸軍のテスト・パイロットをしていて事故死したという。Z・Yは訓練中にやはり事故死したという。U・Kは怖じながら特攻機に乗り込んでいったという。三人はまだ二十歳そこそこだった。やはり、療養所をでたころに、勤め先であった会社のことを聞いた。わたしと同期の友人たちはさいわいひとりも戦死しなかったが、一期うえの人たちは十二、三人いた半分ほどが戦死したという。どこで、どのように戦死したのかわからなかったが、ともかく戦死してしまったのだ。そのうちの二人はわたしとおなじ課で、いろいろ世話になった人だった。わたしが中身のうすい年齢のことを考えるたびに、きまっておもうのは、それらの人たちのことである。それらの人たちをおもうと、わたしがどのような生き方をしてこようと、よほどめぐまれたとおもわねばならない。それにしても、かれらもみな、生きたかったにちがいない。そのころは、それを逃れることができなかったのだ。わたしのよく知っている人で戦死したのはそのくらいだが、戦争で亡くなった人は膨大な数にのぼる。戦争で亡くなった日本人は、三百二十万といわれる。うち民間人が百万人ほどだ。侵略した先の人たちで死んだのは、二千万にもおよぶという。そして、こんなに多くの人たちが亡くなったのは、というよりも、殺されたのは、大元帥を含むごく少数の軍人たちの意志によるわけである。たいへんおそろしいことであるが、当時はそれをとめるようなこともできない体制ができあがってしまっていたのである。いまでもよほど注意をしていないと、ずるずるとそんな方向にもっていかれてしまわれかねない。

こんなことも考える。

小学校六年のとき、先生がこんなことを教えてくれた。２４・６８・１０（にいしい・ろくはち・じゅう）とまずいう。そして、今は、大正二四年、明治六八年、昭和一〇年だ、という。なるほど、わかりやすい記憶法で、いまでも覚えている。その時、六十八年まえの明治元年をおもうと、ずいぶんの大昔だという気がした。しかし、今から八十八年前は赤ん坊でだめだけれど、七十八年まえのことなら、きのうのことのようにおもいだされる。

では、七十八年なり八十八年はみじかいのか、とおもうと、またまたこんなことが考えられる。ことしは、西暦、つまりキリストが生まれてから二〇一一年になる。これを八十八で割ってみると、二十三ほどになる。つまり、わたしは西暦の二十三分の一も生きてきたことになる。日本の歴史がはっきりしてきたのは、推古の頃のようで、一四一八年まえになる。同様に計算すると、その十六分の一も生きているようである。八十八歳はそんなふうに短くも、長くもあるようである。

（二〇一一・四・一五）

物臭太郎

わたしは小学校低学年のころ、体が弱くてよく寝込んでいた。そんなとき、姉が枕許にきて、絵本などを読んでくれた。どんな本だったか、ほとんど忘れてしまったが、ひとつだけよく覚えているのがある。物臭太郎という話である。あるところに物臭太郎という、たいへん物臭な男がいた。道ばたに寝転がって、大きな口をあいてだんごのころがりこんでくるのを待っていた。だんごがころがりこんでくると、だんごを食い、また口をあいてつぎのだんごがころがりこんでくるのを待っていた。そんな話だった。読み終わると、「ヤッちゃんみたいだね」といって、姉は笑った。わたしはこの話をいつまでも忘れないだけでなく、この物臭太郎を敬愛するようなおもいできたのである。

ところが数年まえ、とんでもないことを聞いてしまった。物臭太郎が都にのぼって、大活躍したというのである。ちょっと信じられない話である。わたしは図書館にいって調べた。残念ながらそのとおりであった。わたしは図書館の人に助けられて、お伽草子という本を見た。それによるとこうだった。

かれは信州の大地主の息子であった。かれは徹底した物臭であった。かれはずっと寝転んでいた。村人たちは同情して、寝転んでいるかれの四隅に棒を打ち込んで、そのうえに布をわたし、雨露だけはしのげるようにしてやった。食事もあたえた。こうして、かれはなにもしないで、日をすごしていた。ところが、ある日、都から一人を召すという通知が村にきた。村人たちはかれを推薦した。かれはそれを引き受けた。こうして彼は都にのぼった。そして、命じられた役目を、忠実にはたしていった。かれはしだいに要職にひきあげられるようになった。そのうち、かれは御殿で美しい姫にめぐりあった。やがて大納言からもひきたてられるようになる。ざっとそんな話である。お伽草子だけではなく、幾冊も出ていた絵本にも同様なことがしるされていた。むかしの絵本がそこまで書かなかったのか、姉があとのほうを読まなかったのか、わからないが、わたしには長く心にあった物臭太郎がこんなことになっていたとは、まったくおもいがけないことだった。わたしは失望した。裏切られたようなおもいだった。

物臭太郎はロシアにもいた。ゴンチャロフの小説の主人公「オブローモフ」である。たいへん長い小説で、岩波文庫ではいちばん部厚い版の三分冊になっていた。わたしの読んだのはその第一分冊だけだった。

オブローモフも大地主の家に生まれた。そして立派な邸宅の一室に住んでいた。そこにはすばらしいベッドがおかれていた。かれはそのうえで、ずっと寝そべっていた。そしてまったく動こうとしなかった。用があるときは、召使にちょっと声をかければ、すぐとんでくる。その召使に命じればなんでもやってくれた。たとえば、靴下をはくのも、いちいち召使がはかせてくれた。かれの毎日はそんなことのくりかえしであった。文庫の第一分冊を、そのような生活をえがきつづけながら、最後まで読ませてしまうゴンチャロフの筆力に、わたしは感嘆するばかりであった。第二分冊以下もそんな調子だろう、とおもってわたしはもう読まなかった。

ところが、お伽草子を読みにいったついでにわたしは、他の二分冊をちらっと見ておどろいた。オブローモフもまた、美しい少女にめぐりあい大転身してしまったのである。彼女は聡明であり、勤勉であった。オブローモフもいっしょに働くようになり、やがて巨万の富をえた。そうこうしているうちにかれは病気になってしまった。そしてまたむかしにかえって、何もしない生活にもどり、ついに死んでしまったのである。かわいそうだが、救われたような気もした。

それにしても、日本の物臭太郎もロシアの物臭太郎もなぜ初志がつらぬけなかったのであろうか。十ウン代物臭太郎はいよいよ奮起しなければとおもっている。

（二〇一三・四・二五）

わたしも猫である（1）

まず題について。これから書こうとするのは漱石の「吾輩は猫である」のむこうをはるつもりなので、はじめは「吾輩も猫である」としたかった。しかし、猫といえどもわたしは女性である。この文章も人間語、とりわけ日本語をつかう以上、その習慣にしたがわねばならない。日本語について書こうとするとその根源から考えねばならない。元始女性が太陽であったことはだれでも知っている。ところが、いつの時代か、地位は逆転せられ、太陽の座は男性のものとなってしまった。やがて、万事が男性に従属するようになってしまったのである。ことばもそのひとつである。「おれ」「おまえ」が「わたし」「あなた」などになるなど人称代名詞だけでなく、女性同士の会話まで男性とはちがってくる。つまりかんたんに日本語などといっているが、じっさいには男性日本語と女性日本語とがあるわけである。こんなやっかいな国は世界にもあまりないはずだ。

ここでことばの範とすべき猫語を紹介しよう。おおかたの人間は猫には鳴き声はあってもことばなどあるものかとおもっている。しかしそれはとんでもない認識不足である。猫語は簡潔で二語しかない。残念ながら猫語に対する発音記号がないし、よしんばあったところでそれを聞き分けられる人間はあるまい。それで、ここではニャーA、ニャーBとしておく。ニャーAはエサを出せという命令語、ニャーBは襖を開けろという命令語である。この二語さえあれば猫の生活はほとんどことたりるのである。

わたしは女性だといった。しかしわたしには女性という意識はあまりない。というのは、わたしは大人になりかけたところで避妊手術を受けて、性の意識がほとんどなくなってしまったからである。ふつうの猫も発情期のときはかなり猛烈のようであるが、ふだんはあまり性別を意識しないようだ。こういうことは年中発情期の人間にはわからないであろう。それはともかく、猫学的にはわたしは女性であり、女性日本語をもちいることにする。

さて、漱石の「吾輩は猫である」は「吾輩は猫である」とはじまって「名前はまだない。」とつづく。その家では、たんなる物臭で名前をつけないのだが、名前のないままで死んでしまうのもあわれである。それもわずか一年数か月で事故死にあうというのは、物臭で小説を続けるのもいやになった漱石の策略ではないかとわたしはにらんでいる。

それはともかく、ほんとうは、動物に名前をつけるというのは、ヒマな人間どもが考え出したお遊びにすぎない。動物に名前をつけるなら、ネズミであろうと、ゴキブリであろうと、家にいるすべての動物に名前をつけるならまだわかる。しかし人間が名前をつけるのは、われわれ猫族とか、すこしおちるがイヌ族とか、愛らしいペットのたぐいにかぎられている。

動物園にゆけばもっとよくわかる。人間は気まぐれな動物なので、家庭などでは、わたしたち猫族のようにかわいらしい動物をペットとしてしたしんでいるのだが、動物園ではゾウとかカバとかばかでかい動物ばなれしたものをよろこんで、名前をつけているのである。ワニとかニシキヘビなどには見向きもしない。わたしたち猫族ほどではないにしろ、サル族なども人間は好むのだが、名前はつけない。たくさんのサルがサル山にのぼるともう区別がつかなくなるのである。ペンギンとかアザラシなどもそうである。

いま人間にはサルやペンギンの区別がつかないといったが、じつはわたしたち猫族でも、人間などみんなおなじ顔に見えて、区別はさっぱりわからないのだ。ところが人間は、体毛がまったくはえていないので、それをかくすためにいろいろな布切れをまとう。それは色や模様がちがうだけでなく、ズボンとかスカートとか、デザインもひとりひとりちがっている。わたしたちは、それによってかろうじて人間の区別をしているのである。人間どもにはこうした苦労はわかるまい。

（二〇一三・七・二五）

わたしも猫である（2）

人間というやつはなんとも気持がわるい。なによりもかれらは体毛をまったく持っていない。ヌルヌルで蛇か蛙のようだ。それでかれらはいろんな衣装でごまかしている。

さらにかれらは、いちばんだいじな尻尾をもっていない。わたしたちはその尻尾のさまざまな振り方、大きく振ったり、こきざみに振ったり、ゆっくり振ったり、まわしたり、それらによって、さまざまな感動をおもいのままに伝えることができるのだ。それのできない人間は、わずかに目を細めたりして、感動を伝えているつもりなのだ。こうした人間は神様の失敗作というほかはない。だから全国どこの動物園にいっても、人間を飼っている檻はない。あんな薄気味悪いものをお客さまに見せられるかというのである。

運悪くそんな人間といっしょにいなければならないが、苦行をしているつもりで、我慢をしよう。さて、そのいっしょにいる人間をなんとよんだものか、とりあえず、「同居者」とよんでおこう。

それでは元祖「吾輩は猫である」のほうはどうかというと、「主人」とよんでいる。その主人苦沙弥《くしゃみ》先生は英語の教師のようであるが、そうした感じは伝わってこない。無名猫が学校へゆくわけにはゆかないので、わからないのはやむをえないが、学校にかよっておれば、帰ってきたときには、そのにおいぐらいはついてくるものだ。それが感じられないのである。学校から帰るとずっと書斎に入り込んで出てこない。家の者は勉強家だとおもい、当人も勉強家であるように見せている。しかし無名猫が書斎をのぞいてみると、たいてい昼寝をしているという。そういう点、わたしの同居者に似ている。いやかれのほうがうわてだ。かれは夜十時間、ときには十一時間も寝ておきながら、昼は昼で一、二時間も昼寝をするのである。また無名猫の主人はタカジヤスターゼをのみながら大食をするというが、わたしの同居者はそんな薬のいらない大食家である。

苦沙弥先生のところには、友人・知人いろんな人がやってくる。そしてのんきな話、たあいない話をしては帰ってゆく。ときには夫人やふたりの女の子が加わることもある。わたしの同居者のほうはそれとは正反対だ。かつてはかれにもけっこうそんな話し相手がいたのだが、かれが長生きしたばかりに、みないなくなってしまった。その妻も数年前亡くなった。だからずっとひとりぐらしだ。したがって家に来る人といえば一日おきに来るヘルパーぐらいだ。かわるがわる来るヘルパーのなかには話好きのような人もいるが、一単位一時間半では、話しはじめたら仕事ができなくなってしまう。あとはたまに来る物品販売の勧誘だ。しかしかれらは同居者の老い呆け姿をみれば、だいたいひきさがってゆく。ほかには宗教関係の勧誘もくる。それがキリスト教なら、かれは熱心な仏教徒になり、仏教の勧誘ならたちどころに熱心なキリスト教徒になる。相手がちょっと分からなければ無神論者になって、おひきとりいただく。

あとは弟と妹だ。どちらも来るときは、「これからゆくけれど、なにがほしい」と電話をかけてくる。いつも鰻と答えるので、それはいちいちわなくても持ってくるようになった。それであとはプラスアルファーの部分だけをたずさえてやってくる。かれはいそいそとむかえるのだが、その顔は弟なり妹なりを待っていたというよりも鰻を待っていたという顔にしかみえない。早速鰻を食う。ほとんどものもいわずに食うのである。食いおわる。弟とかれとは十歳へだたっているが、かれの発達がおくれているので、どうにか話ができる。ところが妹のほうは耳が遠いので、ほとんど会話ができない。そのかわり、ちょっとした煮物をしたり、洗い桶いっぱいになっている食器を洗ったり、さらには台所の整理をしてくれる。食器や調味料などをきれいに戸棚の引出に入れたり、棚にならべたりする。すっきりはするのだが、調理をするもの本位の片づけようで、食うほうのかれには不便のようで、塩とか醤油とかが卓上からきえてしまい、かれは舌打ちをしている。

（二〇一三・一二・二〇）

わたしも猫である（3）

同居者がこんな本を買ってきた。中村明という人の書いた「吾輩はユーモアである」（岩波書店）というのである。同居者はしおらしく、わたしにかかわるような本があれば買ってくる。しかし買うのと読むのとは別のことだ。「吾輩」の主人苦沙弥先生以上に居眠りばかりしている同居者は、例によってその本をかたえにスヤスヤだ。そこで、わたしがかわりに読んでみる。

まず著者の経歴だ。早稲田大学大学院修了。国立国語研究所室長、成蹊大学教授を経て、早稲田大学教授、現在は名誉教授。著書は岩波からでているだけでも、「日本語レトリックの体系」「日本語の文体」「文の彩り」「語感トレーニング」「笑いのセンス」があり、他社からもたくさん出しているという。たいへんな先生のようである。

さて、本は最初、「序章　漱石作品の笑いとユーモア」として、「草枕」と「坊ちゃん」と、おもむきのちがう二つのユーモアについて触れたあと、本題に入る。

まず、こんなことが書かれている。「この作品（「猫」）が完成した一九〇六年に早くも、影法師の名で『吾輩は鼠である』というパロディーが発表され、その翌年にも中谷桑実『吾輩は蚕である』、花の山芳霧『吾輩ハ小猫デアル』と続いた。その後も『猫』の部分を『馬』や『猿』や『犬』に差し替えただけの題名が現れ、中にはその部分が『孔子』や『居候』となり、時には『フロックコート』となって、果ては『淋菌』や『結核バイ菌』となる例まで出現したという。」まだまだ続くのだが、ここまででもうんざりなので、引用はもうやめる。「鼠」は二番煎じではあるが、まだしも、真似てやろうという創意が感じられないでもない。だがつぎの「蚕」は三番煎じであるが、むしろ「鼠」の模倣といったほうがいいくらいだ。さらに四番煎じ、五番煎じ……と続き、十三番煎じにおよんでいる。いやはやごくろうさまなことだ。

まだあった。戦後間もないころ、高田保が「猫」という題の中間小説を執筆した。高田の病没後、単行本として刊行されるが、その折連載中挿絵を描いていた宮田重雄の発案で、「吾輩も猫である」と改題されたという。じつは本稿も最初はその時書いたように、やはり「吾輩も猫である」と書こうとおもったが、女性であるわたしに吾輩は不似合いだとおもって現在のように改めたのである。とはいえ、さきに引用したのをおもえば、わたしも模倣したことになる。ただ、模倣が大流行したのは百年以上もまえのことであり、わたしもまったく知らなかったのだから、このまま続行させていただく。

著者は「吾輩は猫である」という書出しについて書き始める。そして「そもそも日本語に限らず言語というものを操らないから、自分で文章を綴るはずはないし、ましてや小説など描くわけがない」といって、小説を書いたのが猫でないことを見破る。著者の洞察力はさすがである。

そして「猫」の主要な登場人物の命名の由来についてから書きはじめる。吾輩の主人の「『珍野苦沙弥』はその『狆のくしゃみ』という意味を通わせた宛て字である…この名づけは一種の洒落で…」といったぐあいに懇切丁寧に解説してゆく。

苦沙弥が「あんなのは婦人じゃない。愚人だ。」というくだりでは。「『愚人』という語を選んだのも、『婦人』という語と類似した響きを狙った試みだろう。ちょっとした傑作である。」という。これはもうこんな講義である。「『婦人』ということばがでてきますね。それから『愚人』ということばがでてくる。『婦人』と『愚人』、よく似ていますね。こういうのをユーモアといいます。おもしろいでしょう。おもしろかったら笑いなさい」

こんな講義がこの本のしまいまで続く。だが、ユーモアというものはちょっと違いはせぬか。無意識のうちに感じとり、無意識のうちにクスッと笑っている、ユーモアとはそんなものではないか。講義は学校だけにとどめるべきであった。一般の読者は、この本を読んで同居者同様眠りだすだろう。

（二〇一四・四・二五）

大事件の結末

同時多発テロ事件というものがおこったことがある。ニューヨーク・マンハッタンの世界貿易センタービルなど四カ所が飛行機に突入され、多数の被害者をだした大事件だ。毎年その日になると新聞などはその事件に関する記事をのせていた。ところがそれから十二年たったことしはもうとりあげない。こうして事件は人々から忘れられてゆくのであろうか。

ところがわたしにはこの日のことがすっきりとわからなくて気になってしようがない。被害者のことはだいたいわかる。だが加害者のほうはまるでわからないのだ。はじめは四カ所にむかう飛行機の乗組員はどうしてほぼ同じ時刻に乗りこめたのだろうとおもった。このことはのちになって、加害者のグループがそれぞれ本来の乗組員を追いはらって乗っていたのだと伝えられた。乗組員になったものたちは突入によって死んでしまったからわからないが、それをたすけた、かなりの人数のグループはどうしたのだろう。追い出されたほうの人、それを見ていた人の証言で、かれらはとらえられなかったのだろうか。そのグループだけでもそこそこの者たちがいたであろうに、よくわからないことだ。

ただ、はっきり手がかりとなりそうな者がいた。事件が発生したとき、その状況がいちはやく生々しく伝えられたのだ。右のほうから飛行機が飛んでくる。世界貿易センタービルにむかってゆく、とおもうとたちまちビルに突入する。ビルからは火があがる。つづいてべつの一機が飛んでくる。そしてすぐ横に並んでいた同型のビルに突入する。火があがる。その模様がテレビからながされるのだ。それは劇映画の撮影のようにとらえていた。撮影の位置など、十分な準備がととのっていなければ撮せないようなものであった。

はたして数日ののち、これが犯行者たちの計画のいったんであることがわかるテレビがながれた。ホテルのベランダとわかる撮影現場も撮されていた。撮影に使った映写機もかなり精巧なもののようだし、操作した者もかなりのベテランのようだ。そればかりか撮影者の姿まで撮されていた。それを撮したのもやはり犯行グループの一員にちがいない。だがこのフィルムはどのようにして民間のテレビ局、それも複数の局にまわされたのであろうか。あるいは、やはり犯行グループのなかには、フィルムをわけてゆく者もいたのであろうか。フィルムを配った者がだれであるにせよ、テレビ局の人はその者と接触しているわけだ。フィルムを受け取った時、その素性について考えなかったのであろうか。

さらにわからないのは行政当局の動向である。いままで書いた分だけから感じとるだけでも、犯行グループの規模はずいぶん大きなものと考えられる。そのごく一部でも拘束して調べれば、ずいぶん彼らの計画がわかってくるはずだ。それはその気になれば容易なはずだ。飛行機のあとでも十分おってゆけたはずだ。それがどうしてもわからないのだ。

それから何年かしてわたしはヒントとなる映画を見た。マイケル・ムーアの映画である。かれは良心的な映画監督だ。医療の社会保険をえぐったものなど、社会的問題をいろいろと批判している。そのかれが同時多発テロについてもメスを入れている。

かれはまず事件当日の、大統領ブッシュの行動を追っている。かれはある幼稚園の視察にでかけていた。その場に秘書のような人がとつぜん入ってきて事件を知らせるメモをわたす。ところが、受けとったブッシュのほうは、ふんという顔をしただけで、あわてて対策にむかうというような気配もない。事件の指導者とみられるビン・ラディンたちが、当時アメリカにきていたが、ブッシュはかれらと親しくしていたこともあきらかにした。映画は最後にブッシュが、かれらを国外に脱出させてやっているところをうつしていた。そんな映画を見ているとムーアのいうことがうなづかれる。

事件から数か月、アメリカはイラクに、さらにアフガニスタンに出兵した。これも真珠湾同様、事件を利用したのではなかろうか。わたしは真相を知らないとおちつかない。

（二〇一三・一二・二〇）

そのころうたっていた歌

　わたしはいまある病院に通って、週二回リハビリを受けている。ここには大きなリハビリ室があり、入院患者、外来患者、それに併設されているデイケアに通う人もまじえて、大勢が時間を決めて理学療法士からリハビリを受けているのである。

　ここにはささやかな書棚があり、雑多な本が並べてある。待っているあいだに、のぞいてみると、歌謡曲大全集なるものが置いてあった。歌謡曲といっても、流行歌だけでなく、民謡や唱歌などいろんなものも収めてあるようだ。全六巻だが、そのうちはじめの三巻だけが置いてあった。第一巻には、軍歌とその時代の流行歌がおさめられている。軍歌というのも本来の軍歌だけでなく、軍事歌謡曲とでもいうべきものが加えられ、むしろそのほうがはるかに多い。ここではそうした全集の用法にしたがっておく。軍歌は少年のころうたっていたものだが、こうしてずらり並べられているのを見ると、おぞましい気がしてくる。

まず「露営の歌」を読んでみる。新聞社が読者から募集してつくったものだが、当時、出征兵士を送ったり、何人か集まったときなど、ずいぶんうたわれたものだ。その一番の歌詞は、「勝って来るぞと勇ましく　誓って故郷《くに》を出たからは　手柄たてずに死なりょうか　進軍ラッパ聞くたびに　瞼に浮かぶ旗の波」というのだが、「手柄たてずに死なりょうか」という言葉が見える。同様な言葉は、「馬の鬣《たてがみ》撫でながら　明日の命を誰か知る」「夢に出てきた父上に　死んで還れと励まされ」「朱に染まってにっこりと　笑って死んだ戦友が　天皇陛下万歳と　残した声が忘らりょか」と、つづく二番から四番まで、どれにもでてくる。天皇のため、国のためいのちをささげよう、というのだ。

「露営の歌」だけではない。軍歌を見ていると、どの歌にも似たような言葉がつかわれているのだ。

「散るべき時に清く散り　皇国《みくに》に薫れ桜花」（戦陣訓の歌）
「その血　その肉　その命　国に捧げた忠魂に」（国民進軍歌）
「咲いた花なら散るのは覚悟　みごと散りましょ　国のため」（同期の桜）

「ああ あの山もこの川も　赤い忠義の血がにじむ」（暁にいのる）
「肉弾粉《こな》と砕くとも　撃ちてしやまぬ大和魂《やまとだま》」（空の神兵）
「光に濡れて白白と　打伏す屍わが戦友《とも》よ　握れる銃に君は尚　国を護るのこころかよ」（ああわが戦友）
「あの日の戦《いくさ》に散ったのも　今日は九段の桜花　よくこそ咲いて下さった」（父よあなたは強かった）
「こころ置きなく祖国《くに》のため　名誉の戦死頼むぞと　泪《なみだ》もみせず励まして　我が子を送る　朝の駅」（軍国の母）

まだいくらでもひろえるが、打ち切っておこう。

こんな言葉がこれでもかこれでもかと繰り返される。こうした言葉はただそれだけではなく、歌詞全体からひきだされたものだということも知らねばならない。

あのころの人たちはこんな歌をいつもいつもうたっていたのだ。軍歌だけではなく、教育とか新聞雑誌などもあれこれとひろげられている。そんななかでいつもいつもうたっていたらどうなるのか。

いつもいつもうたっていた人たちは、知らず知らずのうちに影響されてゆくのをまぬがれない。こうして膨大な若者たちが戦地におくられていった。そしておびただしい戦死者をだしたのである。

いま安倍政権は、悪政のかぎりをつくしている。とりわけ憲法を実質的に変えて、日本を戦争する国にしようとしている。そして、今度は、天皇のため、国のためではなく、アメリカのため、財界のためだ。わたしたちはかつてのような時代をくりかえさないように、安倍政権の暴走を打ち破らなければならない。

（二〇一四・七・二五）

後記

全国中小企業家同友会という組織がある。文字どおり中小企業経営者たちの団体の連合体である。京都中小企業家同友会もその中のひとつであるが、ここにはエッセイスト集団「飛翔」があり、会員たちのエッセイを載せる季刊誌『飛翔』がある。

わたしも縁あって十年まえにこの会に入れていただいた。そしてエッセイを毎号おくってきた。それがずいぶんたまったので今回本にまとめてみることにした。

出版にあたって、編集委員の栃本吉之さんが「序文にかえて」を書いてくださった。ずいぶんふざけたエッセイなのに、過分の言葉をいただいて恐縮している。ただ評価は別として、内容は氏の推察どおり事実そのままである。

わたしは三十年ほどまえ、本文に書いたように、瀑状胃という診断を受けた。それなのにそれを免罪符のように食いまくってきた。本書はそんな男の脱線つづきの自叙伝的なエッセイ集であるが、『飛翔』に載ったその他の雑文も加えた。

ものぐさなわたしがこうして本をだすまでになったのは、栃本さんをはじめ、同じく編集委員の林南山さん、田中敏博さん、さらに「飛翔」のみなさんのおかげである。厚く御礼申しあげる次第である。

最後に今回の出版のためお世話になった方々にも感謝したい。

二〇一四年一〇月

伊藤　安治

伊藤　安治（いとう・やすじ）
1923年、名古屋市で生まれる。1944年、現役入営、入隊中肺結核となり、以後13年間療養所で療養生活。
この間短歌を始め『アララギ』に入会。のち同選者となる。同誌廃刊後、後継誌『青南』選者に。ほかに「榁の木」選者も。現代歌人協会会員。1958年、砂糖元卸商に入社、のち経営者となり、中小企業家同友会に入会。エッセイスト集団『飛翔』に入会。
著書、歌集『胡桃の下』『砂糖積むかげに』『時』
（住所）464-0831　名古屋市千種区観月町1-21

瀑状胃物語《ばくじょうい》　わが胃袋は瀑《たき》の如し

2015年2月27日　第1刷発行　（定価はカバーに表示してあります）

著　者　伊藤　安治
発行者　山口　章

発行所　名古屋市中区上前津 2-9-14　久野ビル
振替 00880-5-5616 電話 052-331-0008
http://www.fubaisha.com/
風媒社

乱丁・落丁本はお取り替えいたします。　＊印刷・製本／モリモト印刷
ISBN978-4-8331- 5288- 4